장화홍련전
억울하게 죽어 꽃으로 피어나니

14

장화홍련전

억울하게 죽어 꽃으로 피어나니

전국국어교사모임 기획 · 권순긍 글 · 조정림 그림

Humanist

'국어시간에 고전읽기' 시리즈를 펴내며

고전을 읽어야 한다는 가르침은 어릴 때부터 귀가 따가울 만큼 들었다. 그러나 몸소 이를 따르는 사람은 흔치 않다. 종종 고전을 가까이하는 사람들이 있는데 이들은 대체로 삶을 헛되이 보내지 않고 훌륭한 일을 이루어 세상에 뚜렷한 이름을 남겼다. 고전 안에 그만큼 값진 속살이 들어 있기 때문이다.

고전이 이처럼 깊은 가치를 지녔는데 어째서 고전을 읽는 사람은 흔치 않을까? 아마도 고전이 사람을 쉽게 끌어당겨 주지 않기 때문일 것이다. 고전은 우리에게 섣불리 손짓을 하지도, 눈웃음을 치지도 않는다. 고전은 끈기를 가지고 파고들어 오는 사람에게만 마지못한 듯이 웃음을 지으며 속내를 털어놓는다. 고전은 요즘보다 훨씬 무뚝뚝하던 옛날에 이루어진 삶이며 글이기 때문이다.

그래서 우리는 청소년들이 고전을 즐겨 읽을 수 있도록 마음을 다했다. 뻣뻣하고 까칠한 고전을 달래서, 부드럽고 친절하게 청소년을 끌어당기도록 손을 쓰고 공을 들였다. 멋없이 무뚝뚝하던 고전을 정성껏 매만져서 두 팔을 활짝 벌리고 청소년들을 끌어안을 수 있도록 탈바꿈했다.

고전은 이제 온전히 겉모습을 바꾸어 청소년들을 맞이할 것이다. 자칫 속살까지 탈바꿈한 것처럼 보일지 몰라도 책을 읽다 보면 예스러운 고전의 맛과 멋을 한껏 느낄 수 있을 것이다. 우리는 무엇보다도 고전이 고전다운 속내와 뼈대를 온전하게 지니도록 하는 데 힘을 쏟았다.

고전은 시공간을 뛰어넘고, 나라와 겨레를 뛰어넘어 세상 모든 사람에게 큰 울림을 준다. 《시경》, 《탈무드》, 《오디세이아》, 셰익스피어와 괴테의 작품이 세상 모든 이에게 가르침을 주듯이, 우리의 고전도 모든 이에게 값진 가르침을 줄 것이다. 가르침이 서로 다르기는 하지만 높낮이가 있는 것은 아니다. 그러므로 세상 고전을 두루 읽어야 하는 것이나, 우리는 우리네 고전부터 읽는 것이 마땅한 차례다.

이런 뜻으로 전국국어교사모임에서 '국어시간에 고전읽기' 시리즈를 펴낸 지십 년이 되었다. 누구나 두루 즐기며 읽을 수 있도록 쉽게 풀어 쓰고 맛깔나고 재미있는 작품으로 재창조하려고 무던히도 애썼다. 다행히도 많은 독자로부터 분에 넘치는 사랑을 받았고, 우리 고전을 가까이하고 즐기는 청소년들이 많이 늘어 고마울 따름이다.

지난 십 년처럼 묵묵하게 이 시리즈를 이어 갈 생각으로 첫 마음을 되새기며 글과 그림을 더하고 고쳐 좀 더 새로운 얼굴의 우리 고전을 세상에 다시 내놓으려 한다. 이 책을 통해 우리 청소년들이 풍성하고 가치 있는 고전의 바다에 풍덩 빠질 수 있기를 기대해 본다.

2012년 11월
전국국어교사모임

《장화홍련전》을 읽기 전에

여러분은 혹시 귀신을 본 적이 있나요? 예전에는 귀신들이 주로 한밤중의 산길이나 무덤 곁, 오래된 흉가나 인적이 드문 곳에 출몰한다고 했고, 요즘에는 아무도 없는 텅 빈 학교에 나타난다고 하지요. 실제로 귀신을 보지 못했더라도 공포 영화나 납량 특집 드라마에서 본 적이 있을 겁니다.

입에서 입으로 전해진 무서운 이야기와 소문 들을 가공해서 만든 〈전설의 고향〉류의 드라마에서는 귀신이 대개 이렇게 등장합니다. 아무도 깨어 있지 않은 깊은 밤, 갑자기 바람이 일며 촛불이 꺼집니다. 그러자 하얀 소복을 입고 머리를 풀어 헤친 귀신이 나타나 자신의 원한을 풀려고 하지요. 하지만 이를 본 사람들은 모두 두려워하며 몸을 피하거나 기절해 죽어 나갑니다.

요즘엔 일반인과 다름없는 모습의 귀신들이 집이나 학교는 물론 병원이나 기숙사 어디에서든지 출몰해 "내가 네 친구로 보이니?" 하며 말을 건네기도 하지만 겉모습이 어떻게 변해 가든 우리나라의 숱한 옛이야기나 소설, 영화에 등장하는 귀신에게는 공통점이 하나 있습니다. 바로 살아생전에 맺힌 원한을 죽어서라도 풀기 위해 현실에 등장한다는 점입니다. 억울하게 죽은 사람의 영혼은 편안히 저승으로 가지 못하고 구천을 떠돈다고 합니다. 누군가에게 살해당했거나, 모함에 빠져 누명을 쓰고 죽임을 당한 영혼들이 귀신이 되어 나타나는 것이지요.

그래서인지 우리 옛이야기에 등장하는 귀신들은 대부분 여성이고 그중에서도 처녀귀신이 많습니다. 가부장적인 중세 사회에서 여성들이 그만큼 수난당하고 소외됐으며 억울함이 컸다는 증거이지요. 이 시대의 여성들은 '삼종지례(三從之禮)'에 의해 부모의 명에 따라 결혼을 했고, 결혼 후에는 남편의 명을 따랐으며, 남편이 죽고 난 후에는 자식에게 의지하는 삶을 살아야 했습니다. 남편이 후처를 맞아들이는 경우에도 묵묵히 받아들였으며, 반대로 후처로 들어간 여성은 가족 구성원으로 정당하게 대접받지 못하고, 자녀를 양육하는 데도 제약이 있었습니다. 사랑뿐만 아니라 삶의 자율성도 철저히 차단당한 여성들의 억울한 사정이 각종 귀신 이야기로 되살아났고 머리를 풀어 헤친 채 소복한 여성이야말로 우리 귀신의 원형이 되었습니다. 살아서는 세상에 당당하게 맞서지 못하고 순명하던 여성들이 죽어 귀신이 되어서는 더욱 적극적으로 원한을 푸는 모습으로 나타납니다.

  그 대표적인 작품이 바로 《장화홍련전》입니다. 이 작품은 조선 시대의 실재 사건을 바탕으로 쓰인 소설입니다. 착하고 예쁜 두 딸, 장화와 홍련은 왜 어린 나이에 억울하게 죽었으며 원귀가 되어 철산 부사 앞에 나타났을까요? 거기에는 분명 기막힌 사연이 있을 것입니다. 자, 책장을 넘겨 그 사연을 들어 볼까요.

2012년 11월

권순긍

차례

어여쁜 우리 언니야, 야속한 계 모 야!
가엾은 우리 언니야, 흉악한 계 모 야!

어찌하여 적막한 빈방에 외로이 나를
남겨 두고 깊은 물에 빠져 슬픈 혼백이 되었나요?

아, 어머니
어찌 가십니까!

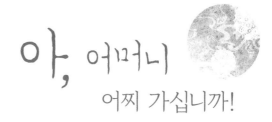

하늘가에 한 점 검은 구름이 뭉게뭉게 일어나니 앞으로 가을 달의 밝은 빛이 사라질 듯하구나. 강한 바람을 만나면 쓰러질 것 같은 풀이나 깊은 산의 어두운 구렁에 서 있는 쇠잔한 나무는 엄동설한의 추위를 견디지 못해 아주 사라질 것처럼 보이지만, 따뜻한 봄날을 만나면 잎도 나고 꽃도 피어 반드시 아름다운 영화를 보는구나.

　남을 해치고 행복을 구하는 자는 자신과 집안이 반드시 망하고, 자신을 희생해 남을 구하는 자는 집안과 자손이 반드시 크게 일어나 번창하니, 이는 하늘이 큰 권능으로 화(禍)와 복(福)을 서로 갚기 때문이다.

　조선국 정종 대왕이 임금의 자리에 올라, 온 나라가 평안하고 해마다 풍년이 들어 백성들이 부족한 것 없이 살던 때였다. 그때 평안도 철산 땅에 한 사람이 살고 있었으니, 성은 배(裵)요, 이름은 무용(茂用)이라. 본래 그곳을 고향으로 삼아 대대로 살아온 명문가의 양반으로 그 고을 좌수를 지냈기 때문에 그 지방 사람들은 모두 배무용을 '배 좌수'라 불렀다. 배 좌수 부부는 재산이 넉넉해 별로 아쉬운 것이 없었으나, 슬하에 자식이 없어서 늘 근심에 싸여 있었다.

하루는 부인 장씨가 피곤해 베개를 베고 잠깐 졸았는데 문득 한 선관이 하늘에서 내려와 꽃을 한 송이 주는 것 아닌가. 장씨 부인이 꽃을 받으려 하자 갑자기 바람이 일어나며 꽃이 아름다운 선녀로 변해 장씨 부인의 품속으로 들어왔다. 장씨 부인이 깜짝 놀라 깨어 보니 한바탕 꿈이었다.

배 좌수를 불러 꿈속의 일을 알려 주니, 배 좌수가 웃으며 말했다.

"우리 부부가 자식이 없는 것을 하늘이 불쌍히 여겨 귀한 자식을 갖게 해 주려는가 보오."

배 좌수 부부는 태몽을 꾼 것을 기뻐했다.

과연 장씨 부인에게는 그달부터 태기가 있어 열 달이 다 차자 방 안에 향취가 진동하더니 아이를 낳았다. 남자아이가 아니라 여자아이여서 배 좌수 부부는 섭섭한 마음을 헤아리기 어려웠지만, 아이의 용모가 아름다워 이름을 꽃처럼 '장화(薔花)'라 짓고 집안의 보배로 곱게 길렀다.

장화가 세 살이 되었을 때 장씨 부인에게 또 태기가 있었다. 배 좌수 부부는 기뻐하며 이번에는 남자아이가 나오기를 바라고 기도했으나 열 달 만에 낳고 보니 또 여자아이였다. 배 좌수 부부의 서운한 마음이야 이루 말할 수 없었지만 딸도 귀한 자식이라 어쩔 도리가 없었다. 부부는 딸의 이름을 연꽃을 뜻하는 '홍련(紅蓮)'이라 짓고 지극히 사랑하며 키웠다.

세월이 물같이 빠르게 흘러 장화와 홍련이 점점 자라 얼굴이 예쁘고 몸가짐이 단정하며 예절이 반듯하니 칭찬하지 않는 사람이 없었다. 게다가 행동이 영리하고 부모를 극진히 공경하니 배 좌수 부부의 사랑은 비길 데가 없었다.

그러나 운수가 불길해 장씨 부인이 우연히 병이 들더니 증세가 나날이 심해지는 것이었다. 배 좌수와 장화 홍련 자매가 밤낮으로 간호하고 온갖 약을 다 써 봤지만 듣지 않았다. 장화 홍련 자매는 온 정성을 다해 어머니가 기운을 차리시기만 바랐지만, 장씨 부인은 자신이 일어나지 못할 것을 알고 있었다.

그러던 어느 날, 장씨 부인은 배 좌수와 장화 홍련 자매를 불러 놓고 두 딸의 손을 잡으며 유언을 전하기 위해 입을 열었다.

"내 전생에 지은 죄가 많아 이 세상에서 일찍 죽는 것은 원통하지 않으나, 너희들이 커서 원앙처럼 짝을 찾는 것을 보지 못하니 원통하구나. 저승에 가도 눈을 감지 못할 것이니 이것이 한스럽다. 다만 바

• **좌수(座首)** 조선 시대에 지방의 자치 기구인 향청(鄕廳)의 우두머리.
• **선관(仙官)** 하늘나라에서 일을 맡아보는 관리.
• **태기(胎氣)** 아이를 밴 기미.
• **원앙처럼 짝을 찾는 것** 좋은 짝을 만나 결혼하는 일. 원앙은 암수가 서로 떨어지지 않고 다정하게 지내기에 흔히 금실 좋은 부부로 비유된다.

라고 원하는 바는 내가 죽은 뒤에 너희 아버지가 반드시 다른 사람을 얻을 것이니, 그 사람이 현명하고 착한 사람이었으면 하는 것이다. 남의 자식을 미워하지 않는 여자는 드물고, 남자의 마음은 여자에 따라 변하기 쉬우니 어찌 걱정스럽지 않겠느냐. 너희들의 장래를 생각하니 불쌍하고 가엾기 짝이 없구나."

장씨 부인은 이렇게 딸들에게 유언하고 나서는 배 좌수를 돌아보며 신신당부했다.

"바라건대 이 세상을 떠나는 사람의 유언을 저버리지 마시고 두 아이를 아무쪼록 어여삐 여겨 잘 길러 주십시오. 좋은 집안에 시집보내 부부가 화목하게 사는 재미를 보게 하시면 저는 비록 죽어 저승에 가더라도 기뻐하며 당신의 은덕을 갚을 것입니다."

장씨 부인은 말을 마치고 한 번 길게 탄식하더니 숨을 거두었다. 장화와 홍련 자매가 어머니를 부둥켜안고 슬퍼하며 가슴 아파하는 모습을 보면 비록 바위 같은 마음을 지닌 사람이라도 슬퍼하지 않을 수 없었다.

　장례일이 되어 장씨 부인의 시신을 선산에 고이 모셨지만 장화 홍련 자매는 밤낮으로 슬픔을 이기지 못했다. 세월이 물 흐르듯 흘러 어느 덧 삼년상을 마쳤지만 어머니를 잃은 장화 홍련 자매의 슬픔은 더욱 깊어만 갔다.

● 선산(先山) 조상의 무덤이 있는 산.

흉악한 계모
허씨의 박해

부인을 잃은 배 좌수는 죽은 아내의 유언이 마음에 걸렸다. 하지만 대를 이을 아들이 없기 때문에 아들 낳을 아내를 얻어야만 한다 여겼다. 여기저기 혼처를 구했지만 적당한 사람이 없어 하릴없이 있다가 마침내 한 여자를 얻었는데 성은 허(許)가요, 나이는 스물이 넘었으며 용모는 이루 말할 수 없을 정도로 흉측했다.

　얼굴은 한 자가 넘고, 두 눈은 퉁방울 같고, 코는 질병 같고, 입은 메기 같고, 머리털은 돼지 털 같고, 키는 장승처럼 크고, 목소리는 이리와 승냥이 소리 같았다. 허리는 두어 아름이나 되고 곰배팔이에, 수종다리에, 쌍언청이를 다 갖추고 주둥이가 길어 칼로 썰어 놓으면 열 사발이나 될 지경이었다.

　얼굴은 쇠로 얽어 만든 멍석 같으니 차마 쳐다보기 어려울 정도로 생김새가 흉측했는데, 마음 씀씀이는 더욱 망측했다. 이웃 험담하기, 집안사람들 이간질하기, 불붙는 데 키질하기같이 남이 못할 짓만 찾아다니며 하니 잠시라도 집안에 두기 어려울 지경이었다.

하지만 그것도 계집이라고 들어온 그달부터 태기가 있더니 잇따라 아들 삼 형제를 낳자 배 좌수는 백 가지 흉을 모른 체하고 내버려 두었다.

배 좌수는 늘 죽은 장씨 부인이 생각나 하루라도 딸들을 보지 못하

● **통방울** 품질이 낮은 놋쇠로 만든 방울.
● **질병** 진흙으로 만든 병.
● **곰배팔이** 팔이 꼬부라져 붙었거나 팔뚝이 없는 사람을 낮잡아 부르는 말.
● **수종다리** 병으로 퉁퉁 부은 다리.
● **쌍언청이** 윗입술이 두 줄로 째진 사람.

면 그리워하는 마음이 생겨 하루가 삼 년 같은지라. 집에 들어오면 먼저 장화와 홍련의 방에 가서 딸들의 얼굴을 어루만지고 눈물을 뿌리며 이렇게 말하곤 했다.

"너희 자매가 깊은 방에 틀어박혀 죽은 어미만 그리워하는 것을 생각하면 간장이 끊어지는 것 같구나."

배 좌수가 장화 홍련 자매를 사랑하고 불쌍히 여기는 마음은 이처럼 끝이 없었다.

그런 모습을 지켜보던 계모 허씨는 미워하고 시기하는 마음이 생겨 장화와 홍련을 없앨 꾀를 짜내기 시작했다. 배 좌수는 시기하는 그 마음을 짐작하고 허씨를 불러 크게 꾸짖으며 타일렀다.

"우리 집은 가난해 살기가 어려웠는데 죽은 아내가 친정에서 재물을 많이 가져온 덕분에 지금처럼 넉넉하게 되었소. 지금 우리가 풍족하게 쓰는 것이 다 그 덕이요, 당신이 먹는 것이 다 그 밥이라. 그 은혜를 생각하면 크게 감동해도 부족하거늘, 저 딸들을 심히 박대하면

어찌 인간의 도리라 하겠소. 앞으로는 그런 생각일랑 품지 말고 아무
쪼록 당신이 낳은 자식처럼 사랑해 차별하지 말고 대해 주시오."

하지만 저 짐승 같은 마음이 어찌 잘못을 뉘우치고 고치리오? 그런
말을 들은 뒤부터는 더욱 흉악한 행동으로 장화와 홍련을 빨리 죽일
마음을 품고서 밤낮으로 계교를 생각했다.

하루는 배 좌수가 밖에서 들어와 딸들을 살펴보니 장화와 홍련이
서로 손을 잡고 슬픔을 이기지 못해 눈물을 흘려 옷깃을 적시고 있었
다. 배 좌수는 불쌍히 여겨 탄식하면서 속으로 죽은 어미를 생각해
슬퍼하는 것이라 짐작하고는 눈물을 머금고 딸들을 위로했다.

"너희가 이렇게 자랐으니 네 어머니가 살아 있었다면 오죽 기뻐했겠
느냐? 하지만 너희 팔자가 기구해 사나운 사람을 만나 이렇게 심하게
박대를 받으니 내 마음도 견디기 어렵구나. 아무쪼록 마음을 편히 갖
고 지내거라. 만일 다시 학대하는 일이 있으면 내 마땅히 계모를
처단해 너희들 마음을 편케 하리니 걱정 말거라."

이때 창틈으로 배 좌수의 말을 엿들은 허씨는 더
욱 분노해 흉악한 생각을 하다가 꾀를 하나 냈다.
그 꾀라는 것이 참으로 흉측하고 괴이하도다.

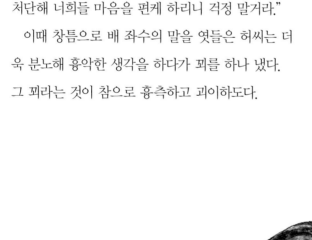

계모는 왜 모두 악녀일까?

장화 홍련의 계모 허씨는 생김새부터 괴물에 가까운 악녀로 그려집니다. 이혼이나
재혼이 많아지고, 새어머니가 친어머니 못지않게 큰 사랑을 베풀며 좋은 역할을 해 주는
요즘에도 '계모' 하면 여전히 부정적인 이미지가 강합니다. 그렇다면 언제부터 '계모'에
나쁜 이미지가 깃들게 되었을까요? 조선의 계모는 가부장 사회를 굳건히 유지하기
위해 제도적으로나 사회적으로 소외될 수밖에 없었고 시대적 편견을 얻을 수밖에
없었습니다. 그 억울한 사연을 한번 살펴볼까요?

남성들에게만 쉬웠던 재혼

조선에서 남자들이 재혼하기란 어려운 일이 아니었습니다. 전처가 죽은 경우 아이들의
양육이나 집안 살림을 위해 부인이 반드시 필요하다는 이유에서였는데 "열 효부가 한
악처만 못하다."라는 말이 나올 정도였지요.

문제는 여성이었습니다. 조선 시대의 법전인 《경국대전(經國大典)》에는 남편이 죽은 뒤
삼년상을 마친 후에야 재혼을 할 수 있다고 명시하고 있습니다. 하지만 사대부가에서는
집안의 명예를 실추한다는 명분으로 3년이 지난 경우에도 재혼이 쉽지 않았지요. "여자
는 한 지아비를 섬겨야 한다(烈女不更二夫)."라는 유교의 가르침 때문이었습니다. 남편이
죽은 뒤에도 절개를 지킨 여성들에게는 나라에서 '열녀문(烈女門)'을 내리기도 했지요. 오
죽했으면 남편을 여읜 여인을 '아직 죽지 않은 사람'이라는 뜻의 미망인(未亡人)으로 불렀
을까요? 이런 절박한 실상들을 잘 보여 주는 기록이 있습니다.

어느 재상이 가난한 무변에게 청상과부가 된 딸을 맡기면서 멀리 함경
도로 도망가서 살라고 부탁한다. 그러고 나서 재상은 딸이 남편
을 따라 자결했다고 거짓으로 장사까지 치른다. 세월이 지나
마침 함경도에 암행어사로 갔던 동생이 우연히 누이를 만나
고 집에 돌아와 아버지께 고한다. "이번 걸음에 이상한 일이 있
었습니다." 하자 재상은 눈을 부릅뜨고 아들을 뚫어지게
바라보며 아무 말이 없었다고 한다. —《청구야담》

악(惡)의 이미지에 갇힌 계모

이렇게 어려운 재혼이 이루어진 경우에도 여성들은 행복한 결혼 생활을 하기 어려웠습니다. 재혼으로 시집온 여자를 '재취(再娶)'라 불렀는데 이는 '두 번째 취한 여자'란 뜻이지요. 정식으로 혼인을 했는데도 두 번째라는 말이 늘 따라다녔으며 첩의 지위와 크게다르지 않았습니다.

게다가 전처의 자식들과 갈등이 심했지요. '어머니'를 대신하는 문제는 물론이고 재산분배로 인한 갈등도 만만찮았답니다. 전처의 자식이 아들인 경우는 물론이고 딸인 경우 시집을 가더라도 재산을 나누어 주어야 했기 때문입니다.

당시의 사회적 통념 역시 이와 크게 다르지 않았습니다. 다산 정약용은 유배지인 강진에서 전처 자식들의 자살 사건을 계모의 죄로 돌려 처형한 일을 두고 이른바 〈계모를위한 변명〉을 써서 사회의 편견이 얼마나 잘못된 것인가를 비판했습니다.

사건의 발단은 두 처녀의 자살이었다. 영조 44년(1768) 3월에 전라도 강진에서 백필랑과 백필애라는 두 젊은 처녀가 저수지에 몸을 던졌다. 자살 이유는 계모 나씨의 구박으로 밝혀져 두 딸을 핍박한 계모 나씨에게 죄를 묻게되었다. 당시 초검과 재검을 거쳐 관찰사의 판결에 따라 나씨는 강진 객사앞 청조루에서 삼릉장으로 맞아 죽었다.

내가 생각해 보건대, 소송을 결단하고 살옥을 판단하는 데 세 가지 폐단이있다. 먼저 며느리와 시어머니가 서로 다투면 관은 반드시 시어머니를 의심하고 며느리에게 너그러우며, 계모와 전처 아들이 다투면 관은 반드시 계모를 미워하고 전실 자식을 가련히 여기며, 첩과 처가 다투면 관은 반드시 첩을 얽어 넣고 처를 두둔하는 법이다.

다산의 말처럼 세상의 통념은 전처 자식보다 계모를 부정적인 존재로 몰고 갔습니다. 그래서 많은 '계모 박해형 설화'나 '계모 박해형 가정 소설'이 생겨났지요. 이런 점에서보면 계모도 일종의 피해자이자 소수인인 셈입니다. 계모를 곧 '악'으로 규정하는 것 자체가 당시의 시대와 사회 구조가 만들어 낸 편견이었던 것이지요.

쥐를 잡아 낙태한 것으로

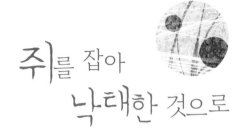

흥악한 허씨는 장화 홍련 자매를 없애려고 자기 자식 장쇠를 불러 큰 쥐를 한 마리 잡아 오라고 일렀다. 장쇠가 쥐를 잡아 오자 허씨는 가죽을 벗기고 피를 발라 낙태한 태아처럼 보이게 만들었다. 그걸 가지고 장화가 자는 방으로 몰래 들어간 허씨는 이불 밑에 넣고 와서 배 좌수가 돌아오기만을 기다렸다.

이윽고 배 좌수가 돌아오자 흥악한 허씨는 배 좌수를 이상하게 쳐다보며 혀를 끌끌 차는 것이 아닌가. 배 좌수가 이상하게 여겨 까닭을 물으니 허씨가 정색을 하고 말하는 것이었다.

"집안에 늘 괴이한 일이 있으나 일일이 말씀드리자면 음해한다는 꾸중을 들을 것이기에 감히 입 밖에 내지 못하고 있었습니다. 자식들은 나가면 걱정하고 들어오면 반가워하는 아버지의 정을 생각하지 못하고 부정한 행동을 많이 했지만, 제가 친어미가 아니기에 짐작만 하고 그저 조용히 지낼 뿐이었습니다. 장화가 오늘은 늦도록 일어나지 않기에 몸이 불편한가 싶어 들어가 보니 수상한 낌새가 보였습니다. 무슨 일인가 해 물어보고 살펴보니 이불과 요에 피가 묻어 있고 주먹만 한 핏덩이가 이불 속에 있는 것 아닙니까? 분하고 놀라서 어찌할 바를 몰랐습니다.

장화가 제 친딸이 아니기에 감히 알리지 못하고 우리 둘만 알고 있습니다만, 우리 집안이 변변하지는 않다 해도 이 고을의 이름난 양반입니다. 그런데 이런 망측한 일이 벌어진 것은 가문의 큰 수치입니다. 이 일을 다른 사람들이 알게 되면 우리 집안이 누명을 쓸 뿐만 아니라 세상에 머리를 들 수 없을 것입니다. 또한 아들 삼 형제는 장가도 가지 못하고 늙을 터이니 이런 원통하고 분한 일이 또 어디 있겠습니까?"

허씨는 분이 풀리지 않는다는 듯이 길길이 뛰는 것이었다.

배 좌수란 자는 원래 성품이 인자하나 판단력이 부족해 남의 말을 잘 들었다. 허씨의 요사스럽고 악한 말을 들은 배 좌수는 몹시 부끄럽고 분해 앞뒤 따질 생각도 하지 않고 무작정 허씨의 손을 이끌고 딸의 방으로 들어갔다. 장화 홍련 자매는 그런 줄도 모르고 잠이 깊이 들었는데, 허씨는 때를 만난 듯이 이불을 들춰 피 묻은 쥐를 꺼내더니 온갖 말로 비아냥거렸다.

• 음해(陰害) 자신을 드러내지 않고 뒤에서 몰래 남을 해치는 것.

하지만 못나고 어리석은 배 좌수는 허씨의 간사한 꾀를 알아채지 못하고 매우 놀랍고 두려워 이 일을 장차 어찌하면 좋겠느냐고 오히려 허씨에게 물었다.

"정말로 중대한 일이니 아무래도 남이 모르게 처리하는 것이 상책인데, '싸고 싼 사향도 냄새 난다.'라는 속담처럼 어찌 숨길 수 있겠습니까?"

허씨의 간사한 말에 놀란 배 좌수는 어찌할 바를 몰랐다.

"그러면 어찌해야 좋단 말인가? 무슨 수를 쓰든 당신이 하자고 하는 대로 따를 것이오. 아무쪼록 계책을 내어 집안의 수치만 면하게 해 주면 정말 다행이겠소."

"좋은 수가 하나 있으나 말씀드린다 해도 저를 의심해, 제 자식이 아니니까 그렇게 한다고 하실 것 아닙니까? 그러니 제게 계책이 있더라도 말할 도리가 없습니다."

그 말을 들은 배 좌수는 벌컥 성을 내며 말을 내던졌다.

"무슨 말을 하든지 당신을 조금이라도 어떻게 하지 않겠소. 그대로 따를 것이니 조금도 숨기지 말고 계책을 말해 보시오."

"좋은 수가 있기는 하나 말씀드렸는데도 그대로 하지 않으시면 제 평생에 큰 허물이 될 것이니 차마 말씀드릴 수 없습니다."

배 좌수는 마음이 다급해져 더는 참지 못하고 맹세의 말을 내뱉고 말았다.

"장부일언중천금이라. 당신이 무슨 말을 하든 그대로 따르겠다고 하지 않소? 그런데 어찌 이런 말을 해 내 심사를 어지럽게 하오?"

허씨는 배 좌수가 이렇게까지 나오는 것을 보고 드디어 자신의 계책이 성공했음을 눈치채고 짐짓 모른 척하며 말을 흘렸다.

"그렇다면 장화를 죽여 없애는 것이 상책이지만, 다른 사람들이 이런 사정을 모르고 제가 흉악해 죄도 없는 전실 자식을 못된 꾀를 써서 죽였다 할 것입니다. 차라리 제가 먼저 죽는 것이 낫겠습니다."

그러더니 허씨는 갑자기 밖으로 나가 칼을 들고 죽으려는 시늉을 했다. 어리석은 배 좌수는 그 흉계도 모르고 급히 나가 붙들고 달래며 좋은 말로 타일렀다.

"당신의 진중한 마음을 내 이미 알고 있소. 무슨 말을 하든지 탓하

• **장부일언중천금**(丈夫一言重千金) 남자의 말 한마디는 천금처럼 무겁다는 뜻으로, 남자가 한 말은 반드시 지켜야 한다는 의미이다.
• **전실**(前室) 다른 사람의 전처(前妻)를 높여 이르는 말.

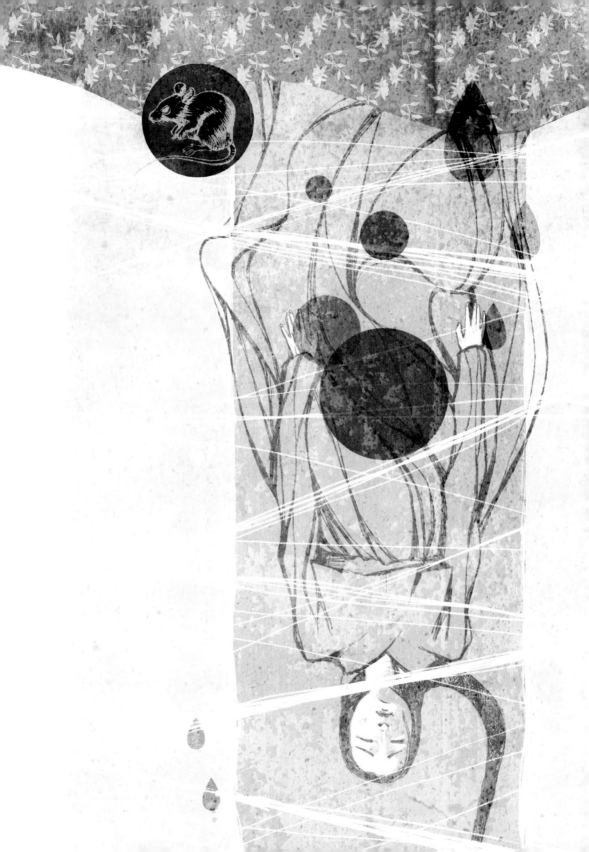

지 않고 그대로 따르겠다 했거늘 어찌 이러시오?"

"그렇다면 장화를 속히 처치해 뒷날의 근심을 끊어 주소서. 부모의 자식 사랑이 중하다 하지만 본래 딸자식은 쓸데없는 것입니다. 딸자식이 저지른 잘못 때문에 대를 이을 아들의 앞길을 막아서야 되겠습니까? 행실이 나쁜 장화를 빨리 없애 가문을 맑게 해 주세요."

"당신 뜻을 잘 알겠소. 그 계책대로 시행합시다. 그런데 누가 그 일을 하겠소?"

"이리이리하면 귀신도 모르게 잘 처리될 것이니 무슨 염려가 있겠습니까?"

배 좌수는 허씨의 말을 듣더니 그러는 것이 좋겠다고 하며 아들 장쇠를 불러 이리이리하라 당부하고 황급히 장화를 불렀다.

이 밤에 어디를
가라고 하십니까?

한편, 장화 홍련 자매는 돌아가신 어머니를 생각해 슬픔을 이기지 못하고 몸을 뒤척인 끝에 겨우 잠이 들었으니 어찌 흉악한 계모의 계책을 알았으리오. 장화가 문득 잠에서 깨어났는데 심신이 고단하고 울적해 마음이 안정되지 않았다. 장화는 이상한 느낌이 들어 다시 잠을 이루지 못하고 일어나 앉아 있었다.

그때 갑자기 아버지가 자신을 부르는 소리가 들렸다. '어찌해서 이 깊은 밤에 부르실까?' 하고 의아하게 생각하며 아버지 앞으로 서둘러 나아갔다. 그랬더니 배 좌수가 꼿꼿하게 앉아 정색을 하고 말하는 것이었다.

"네가 어머니를 여읜 뒤에 늘 슬픔을 견디기 어려워하더구나. 그 모습이 보기 괴롭던 차에 마침 네 외가에서 네 어머니가 생각나 너희들

이라도 만나 보면 반갑겠다고 기별이 왔다. 그러니 잠깐 다녀오너라."

그 말을 들은 장화는 도대체 무슨 사연인지 알 수 없어 겨우 입을 열었다.

"소녀, 어머니 배 속을 떠난 뒤로 지게문을 나서지 아니해 다른 사람의 얼굴은 보지 못했습니다. 그런데 어찌 날이 밝지도 않았는데 알지 못하는 길을 가라고 하십니까?"

"너 혼자 가라는 것이 아니다. 네 동생 장쇠를 데리고 가거라."

"하오나 소녀 어머니를 여읜 뒤로 아버지께 의지해 하루도 곁을 떠나지 않았습니다. 한시라도 뵙지 못하면 뵙고 싶은 생각이 간절할 텐데, 당장 슬하를 떠나라 하시니 이 일을 어떻게 하오리까?"

장화가 애원하자 배 좌수는 버럭 소리를 질렀다.

"네 어찌해 아비의 말을 듣지 않고 여러 말을 해 아비의 심사를 뒤집느냐?"

아버지의 호통에 장화는 목 놓아 울면서 말했다.

"아버지께서 죽으라 하신들 어찌 거역하겠습니까? 제가 가지 않겠다는 것이 아닙니다. 날이 밝은 뒤에 가도 될 텐데, 이 깊은 밤에 가라 하시기에 어린 소견으로 매우 두려워서 사정을 말씀드린 것입니다. 아버지

• **지게문** 마루에서 방으로 드나드는 곳에 있는 외짝 문으로 흔히 안팎을 두꺼운 종이로 싸서 바른다.

의 분부가 이 같으시니 어쩔 줄 모르겠습니다."

말을 마친 장화의 눈에서는 눈물이 비 오듯 흘러 옷깃을 적셨다.

비록 어리석고 모자란 배 좌수였지만 자식에 대한 정은 깊어 장화의 측은한 모습을 보고는 차마 재촉하기 어려웠다. 하지만 옆에 있던 허씨가 서로 대화하는 부녀의 모습을 보고는 갑자기 발길로 장화를 걷어차며 꾸짖는 것이었다.

"어버이의 명에 순종하는 것이 자식의 도리이거늘 너는 무슨 잔말을 그렇게 해 부모의 마음을 아프게 하느냐! 빨리 떠나거라!"

장화는 허씨의 구박에 더욱 슬프고 원통한 마음이 치밀었지만 어쩔 도리가 없어 눈물을 흘리며 말을 이었다.

"분부가 이와 같사오니 다른 말씀 올리지 않고 하라시는 대로 즉시 떠나겠습니다."

장화는 방으로 다시 들어가 홍련을 깨워 동생의 손을 잡고 울면서 말했다.

"홍련아, 빨리 가라고 다그치시는 아버지의 마음을 알지 못하겠구나. 무슨 까닭으로 이 깊은 밤에 집을 떠나 외가에 다녀오라 하시는지 모르겠구나. 어쩔 수 없이 가기는 간다만 분명 흉한 일이 생길 것만 같구나. 하도 급하게 재촉해 앞뒤 사정을 다 말하지 못하고 간다. 아쉬운 것은 우리 자매가 어머니도 없이 서로 의지해 잠시도 곁을 떠나지 않았는데 천만뜻밖에 이런 일을 당해 너를 적막한 빈방에 혼자 남겨 두고 가는 일이다. 가슴이 터지고 간장이 녹는 것 같구나. 동해의 물로 먹을 간다 해도 내 마음을 다 적어 두지 못하겠구나. 아무쪼록 잘 있거라. 내가 가는 이 길이 좋지 못할 듯하나 천만다행으로 아무 일도 없다면 곧 돌아올 것이니 걱정 말거라. 그동안 보고 싶은 마음이 들면 서로 보게 옷이나 바꿔 입자."

장화 홍련 자매는 옷을 바꿔 입고는 서로 손을 붙잡고 한참을 울었다. 이윽고 장화가 홍련에게 조심하라고 당부하는 말을 했다.

"너는 아무쪼록 아버지와 새어머니를 극진히 섬겨 죄를 얻지 말고 내가 돌아올 때를 기다리거라. 외가에 가서 오래 있지 않고 며칠 만에 돌아오겠지만 그동안 보고 싶어 어떡하겠느냐. 너를 두고 가야 하니 마음이 무겁구나. 너무 슬퍼 말고 부디 잘 있거라."

말을 마친 장화가 대성통곡하며 홍련의 손을 놓지 못했다. 살아 있을 때 장화와 홍련을 한없이 아꼈던 장씨 부인은 이런 기막힌 처지를 왜 굽어살피지 않는가? 하지만 이승과 저승의 길이 다르고 화와 복이 정해진 것을 어찌하리오.

장화에게 닥친 일을 들은 홍련은 간담이 떨어지는 듯해 한마디도 하지 못하고 언니를 붙들고 통곡만 할 뿐이었다. 산천초목도 장화 홍련 자매의 가련한 모습에 어찌 슬퍼하지 않겠는가?

마침 허씨가 밖에서 장화와 홍련의 대화를 엿듣다가 와락 들어와 승냥이같이 소리를 질렀다.

"요망한 계집들이 어찌 이렇게 요란을 떠느냐?"

그러고는 장화 홍련 자매를 꾸짖고 장쇠를 불러 재촉했다.

"빨리 네 누이를 데리고 외가에 다녀오라 했거늘 여태까지 떠나지 않고 있으니 어떻게 된 일이냐? 어서 빨리 떠나거라!"

　슬프구나. 저 짐승 같은 장쇠는 염라대왕의 분부나 받은 듯이
신이 나서 어깨춤까지 으쓱으쓱 추고 소리를 벼락같이 지르며 재
촉하는 것이었다.

　"누이는 빨리 나오시오! 왜 아버지의 말씀을 거역해 공연히 나
까지 꾸중을 듣게 하시오! 잘못도 없이 괜히 꾸중을 들으면 분하
고 억울하지 않겠소?"

장쇠가 잠시도 늦추지 않고 재촉하자 장화는 어쩔 수 없이 홍련의 손을 놓고 나오려 했다. 그런데 이번에는 홍련이 언니의 치마를 부여잡고 울었다.

"우리 자매 한시도 떨어진 적이 없었는데, 오늘 갑자기 나를 버리고 어디로 가려 하시오?"

홍련이 언니를 놓치지 않으려고 따라 나오는 모습을 본 장화는 그만 기절해 쓰러졌다. 인정이 조금이라도 있는 사람이라면 장화 홍련 자매의 가여운 모습을 보고 어찌 동정하지 않을 수 있겠는가? 하지만 저 간악한 모자와 못난 배 좌수에게는 측은하고 불쌍하게 여기는 마음이 조금도 없었다. 허씨는 도리어 장화가 음흉한 짓을 한다고 나무라는 것이 아닌가?

이윽고 기절했던 장화가 긴 한숨을 한 번 쉬고 깨어나자 이번에는 홍련이 정신을 잃고 기절하는 것이었다. 몸을 주물러 간신히 홍련을 깨운 장화는 동생을 달래며 겨우 말을 이었다.

"내 잠깐 다녀올 테니 울지 말고 잘 지내거라."

장화는 동생을 달래느라 울음이 섞여 말을 제대로 잇지 못했다. 장화 홍련 자매의 애절한 모습은 차마 눈을 뜨고 볼 수 없었다. 홍련은 언니를 가지 못하게 하려고 여전히 치맛자락을 붙잡고 놓지 않았다. 그 모습을 보고 흉악한 허씨가 달려들어 홍련을 뿌리치며 꾸짖었다.

"네 언니가 지금 외가에 다니러 가거늘 어디 죽으러 가는 듯이 어찌 이리 요란을 떠느냐!"

허씨가 꾸짖자 홍련도 어쩔 수 없어 물러섰다. 허씨가 가만히 장쇠에게 눈짓을 하니 장쇠가 알아듣고 재촉이 성화같았다. 장화는 이제 어찌할 수가 없는 줄 짐작하고 동생의 이름을 부르며 잘 있으라고 여러 차례 당부만 할 뿐이었다. 아버지께 작별 인사를 드리고 문밖에 나서니 장쇠는 이미 말을 대기시켜 놓고 있었다.

질투의 여왕에서
독 사과를 든 마녀까지

장화와 홍련, 콩쥐, 신데렐라, 백설공주의 공통점은 무엇일까요? 모두 어려서
친어머니를 잃고 새어머니를 맞아들이는 전처의 딸들입니다.
동서양의 많은 설화와 소설에 계모가 등장하는데 대체로 악한 여자의
전형이자 질투의 화신 마녀(魔女)로 그려지지요. 이는 주로 전처 자식의 입장에서
계모 이야기가 쓰이기 때문인데, 자식의 입장에서 계모는 아버지의 눈을 멀게 하고
어머니의 자리를 빼앗은 나쁜 여성으로 보이겠지요.
그래서 시대와 지역을 불문하고 '계모형 설화'에는 공통적으로 계모가 전처 자식들을
학대하고 재산을 차지하기 위해 간계와 모함을 동원하는 이야깃거리가 등장합니다.
또한 자식들이 이를 극복하고 끝내는 계모에게 벌을 내리는 이야기도 함께 펼쳐집니다.

'미션 임파서블'형 계모 – 해결하기 힘든 과제를
내주는 《콩쥐팥쥐전》의 계모

《콩쥐팥쥐전》에서 계모는 겉으로는 "인물도 과
히 추하지 않고 집안일도 깔끔하게 할 듯해" 남
편의 환심을 사지요. 하지만 속으로는 요사하고
간악해 전처 자식인 콩쥐에게 해결 불가능한 일
을 끊임없이 내주며 괴롭힙니다. 나무 호미로 돌
밭을 갈게 하고, 밑 빠진 독에 물을 채우라 하지
요. 그도 모자라 베 육십 척을 짜고, 겉피 석 섬을
모두 찧어야 잔치에 가는 것을 허락합니다. 물론 콩쥐
는 검은 소와 선녀, 두꺼비, 참새 등의 도움으로 과제를
무난히 해결합니다. 하지만 《콩쥐팥쥐전》에서 계모는
콩쥐를 학대할 뿐 죽이려고 하지는 않습니다. 오히려
팥쥐가 악역을 맡아 전라 감사의 부인이 된 콩쥐를 살
해하고 그 죗값을 치릅니다.

'질투는 나의 힘'형 계모 – 왕자님의 구두를 차지하려는
《신데렐라》의 계모

《신데렐라》는 원래 유럽에 널리 퍼져 있는 계모 박해 이야기입니다. 이를
1697년에 프랑스의 샤를 페로가 《샹드리옹 또는 작은 유리신(Cendrillon ou la petite pantonfle
de verre)》이라는 제목으로 발표했으며, 1812년에는 독일의 그림(Grimm) 형제가 '재투성이'
란 뜻의 《아셴푸텔(Asyenpotel)》로 소개하기도 했습니다. 이 이야기에서도 계모는 신데렐
라를 구박하고 해내기 어려운 과제를 주며 신데렐라의 유리 구두를 차지하려 하지만 목
숨을 빼앗을 정도로 잔인하게 굴지는 않습니다. 전처 자식에 대한 남편의 사랑이 지극
하자 이를 질투해 신데렐라를 하녀처럼 다루며 험한 부엌일을 시킬 뿐이지요. 늘 몸에
재가 묻어서 우리의 '부엌데기'처럼 '재투성이'란 별명으로 불린 신데렐라는 요정의 도움
으로 힘든 과제를 해결하고 왕자를 만나 사랑에 빠집니다. 그리고 왕비가 되지만 계모

와 못된 언니들을 용서합니다. 계모의
나쁜 짓이 용서받을 정도의 약한 것이
었다고 볼 수 있겠지요.

유기형 계모 – 전처의 자식을 숲 속에 버리는 《헨젤과 그레텔》의 계모

그림 형제가 채록한 《헨젤과 그레텔》은 독일 민
담입니다. 헨젤과 그레텔의 계모는 마을에 흉년
이 들어 먹을 것이 부족하자 전처의 어린 자식들을 숲
에 버립니다. 자신의 자식이 아니기에 주저 없이 아이들을 희생
시킨 비정한 계모라고 할 수 있지요. 《콩쥐팥쥐전》이나 《신데렐라》와는 달리
이 이야기에는 아이들을 죽게 내버려 두는, 좀 더 악한 의도가 보입니다. 하지만 버려진
헨젤과 그레텔은 자신을 잡아먹으려는 마녀를 물리치고 오히려 보물을 갖고 집으로 살
아 돌아온답니다. 아이들에게 처단당하는 마녀는 계모와 별개의 인물로 나오지만 어린
자식을 죽이려고 버렸던 계모의 진정한 모습을 반영하고 있는 것은 아닐까요?

**살해형 계모−독이 든 사과로 목숨을 빼앗으려는
《백설공주》의 계모**

그림 형제가 채록한 독일 민담 《백설공주》도 전형적인
계모 박해 이야기입니다. 여기서 계모는 본격적으로
주인공을 죽이려는 인물로 등장하지요. 계모인 마녀
는 남편의 사랑이 눈같이 희고 예쁜 전처 딸에
게 가는 것을 질투해 백설공주를 제거하고
자 집요할 정도로 집착을 보입니다. 사냥꾼
에게 백설공주를 죽여 그 심장을 가져오라고
시켰다가 실패하자, 일곱 난쟁이에게 의탁한 백설공
주를 세 번이나 직접 찾아가 독 사과를 먹여 살해합
니다. 결국 마녀는 빨갛게 달구어진 쇠 구두를 신고,
죽을 때까지 춤추듯 뛰어다녀야 하는 벌을 받습니다.
백설공주의 계모는 구박하는 단계를 넘어 전처의 자
식을 살해하는 인물로 등장한다는 점에서 《장화홍련
전》의 계모와 비슷하지요.

하늘이여, 하늘이여!

장화가 마지못해 말에 오르니 장쇠는 말을 채찍질해 깊은 산속으로 계속 들어가는 것이었다. 이윽고 한 곳에 다다르니 산은 첩첩하고 물은 잔잔하게 흘렀다. 푸른 풀은 무성하고 소나무는 빽빽한데 사람의 발자취라곤 찾을 수가 없었다. 아득한 달빛만 희미하게 비치고, 구슬피 우는 두견새 소리만 무정하게 들리니 무뚝뚝한 사람이라도 이런 곳에 오면 자연히 슬퍼질 텐데 설움이 첩첩이 쌓여 있는 장화의 마음이야 오죽하겠는가?

말을 몰아 한 곳에 다다르니 큰 못이 있었다. 주위는 바다같이 넓어 물가를 찾을 수도 없으며, 깊이는 얼마나 깊은지 검은 물결이 소용돌이치는 것이 바라보기도 무서울 정도였다. 그런데 장쇠가 못가에서 말을 멈추더니 장화에게 내리라고 하는 것 아닌가? 장화는 크게 놀라

어찌할 바를 몰랐다.

"집에서 떠난 지 오래되지 않았고 사람과 말도 피곤하지 않은데 왜
이런 인적 없는 곳에 내리라 하느냐? 외가에 아직 다 오지 않았는데
이 깊은 밤에 흉악한 이곳에 왜 내려야 하느냐?"

장화가 놀라서 묻자 장쇠가 퉁명스럽게 내뱉었다.

"내리면 자연히 알게 될 것이니 여러 말 하지 말고 어서 내리시오!"

장화가 어쩔 수 없어 말에서 내리니 장쇠가 내리게 한 까닭을 말하
는 것이었다.

"이 못이 누이가 억만년 지낼 곳인데 무엇이 무섭겠소?"

장화는 깜짝 놀라 정신을 차릴 수가 없었다.

"어찌해 나를 여기서 죽게 하느냐? 죽더라도 죽는 까닭이나 알아야
겠으니 자세히 말해라."

"누이가 누이의 죄를 잘 알 텐데 어찌 나에게 물으시오?
누이에게 외가로 가라고 한 것이 정말인 줄 아시오?
누이가 잘못한 일이 많았지만 어머니께서 마음
이 어지시니 그동안 모른 체하고 지냈소. 그
러나 누이의 행실이 점점 나빠져 결국에

는 낙태까지 하니 일이 이렇게까지 커지게 되었소. 우리 배씨 가문에 누가 되지 않으려면 남모르게 누이를 없앨 수밖에 없으니, 내게 이 못에 누이를 빠뜨리고 오라 하신 것이오. 나도 피를 나눈 형제로서 차마 못할 짓이지만 부모님의 뜻을 거역할 수 없어 여기까지 이르렀으니 누이는 빨리 이 못으로 뛰어드시오!"

그 말을 들은 장화는 맑게 갠 하늘에서 날벼락이 머리 위에 떨어진 듯 몹시 놀라 넋을 잃고 하늘에 대고 울면서 소리를 질렀다.

"하늘이여, 하늘이여! 이 어쩐 일입니까? 무슨 일로 이 장화를 세상에 내시어 억울한 누명을 쓰고 이 깊은 물에 빠져 죽게 하십니까? 하늘이여, 굽어살피소서. 이 장화는 세상에 나온 뒤로 대문 밖을 나서지 않았거늘 이런 억울한 누명을 쓰고 다시 씻을 기회도 없이 속절없이 원혼이 되게 하십니까? 전생에 지은 죄가 무거워 이 지경에 이르렀습니까? 이생에 악인을 만나 이 지경에 이르렀습니까? 우리 어머니는 어찌해 세상을 먼저 떠나시고 이 모진 인생을 세상에 남겨 두어 등잔불에 뛰어드는 나방같이 속절없이 죽

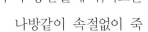

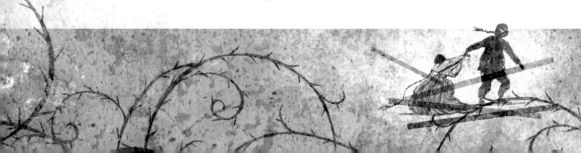

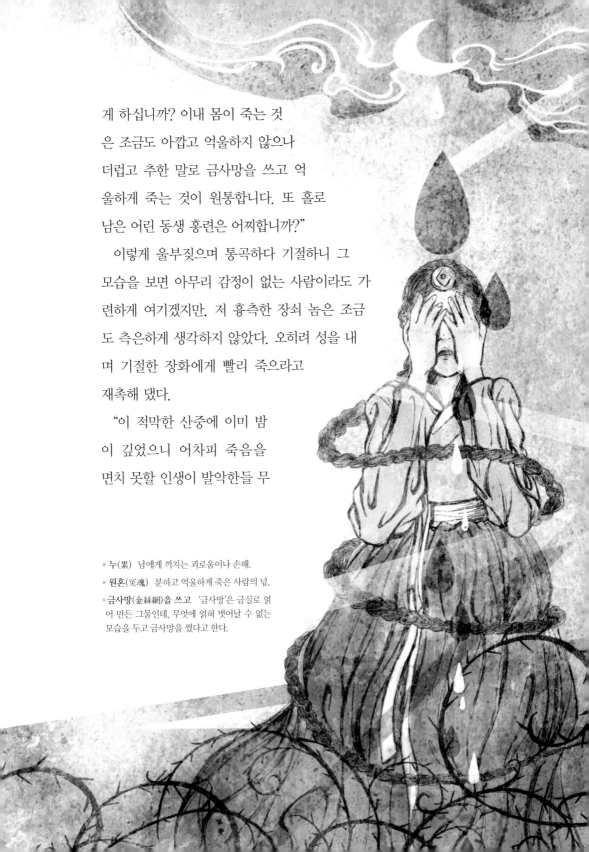

게 하십니까? 이내 몸이 죽는 것
은 조금도 아깝고 억울하지 않으나
더럽고 추한 말로 금사망을 쓰고 억
울하게 죽는 것이 원통합니다. 또 홀로
남은 어린 동생 홍련은 어찌합니까?"

　이렇게 울부짖으며 통곡하다 기절하니 그
모습을 보면 아무리 감정이 없는 사람이라도 가
련하게 여기겠지만, 저 흉측한 장쇠 놈은 조금
도 측은하게 생각하지 않았다. 오히려 성을 내
며 기절한 장화에게 빨리 죽으라고
재촉해 댔다.

　"이 적막한 산중에 이미 밤
이 깊었으니 어차피 죽음을
면치 못할 인생이 발악한들 무

* 누(累) 남에게 끼치는 괴로움이나 손해.
* 원혼(寃魂) 분하고 억울하게 죽은 사람의 넋.
* 금사망(金絲網)을 쓰고 '금사망'은 금실로 얽
  어 만든 그물인데, 무엇에 얽혀 벗어날 수 없는
  모습을 두고 금사망을 썼다고 한다.

엇하며, 슬퍼한들 무엇하며, 통곡한들 무엇하겠소? 어서 바삐 물에 들어가시오!"

장화가 겨우 정신을 차리고 울며 부탁했다.

"네 아무리 부모님의 명령이라고 할지라도 내 말을 좀 들어 보아라. 우리가 비록 배다르기는 해도 천륜이 지극한 형제 아니냐? 전날 우애롭던 우리 정을 생각하면 설사 부모님의 명령이 지엄하더라도 나를 물에 빠뜨렸다 하고 부모님의 마음을 돌이키도록 힘쓰는 것이 마땅한 일이 아니겠냐? 네가 그렇게 한다 할지라도 살기를 바라는 생각이 없거니와 지금 영영 저승으로 돌아가는 사람에게 이다지 우악스럽고 야박하게 굴 것이 무엇이냐? 다만 나의 소원은 죽지 않으려는 것이 아니라 잠깐 동안 말미를 주면 외삼촌 댁에 가서 돌아가신 어머니의 사당에 작별 인사를 드리고 외로운 홍련의 신세를 부탁해 아무쪼록 나처럼 억울하게 죽는 일이 없도록 막는 것이다. 결코 내 목숨을 보전하려는 것이 아니다. 죄가 없다고 변명해 봐야 계모의 시기가 있을 것이고, 살고자 해도 아버지의 명을 거역하는 것이니 내가 어떻게 하겠느냐? 아무쪼록 잠깐 말미를 주어 나중에 내가 죽은 뒤에라도 원혼이 되지 않게 해 다오."

살아 있는 사람이라면 장화의 처절한 애원을 들어주지 않을 수 없건만 장쇠 놈은 조금도 불쌍히 여기는 기색 없이 장화의 말을 듣지도 않을뿐더러 도리어 화를 내며 물에 떠미는 것 아닌가. 장화는 더욱 기가 막혀 하늘을 우러러 다시 통곡하며 소리를 질렀다.

"밝은 하늘이여, 굽어살피소서! 이 장화가 팔자 사납고 복이 없어

여섯 살에 어머니를 여의고 자매 서로 의지해 서산에 지는 해와 동녘에 뜨는 달을 보면 서러움에 간장이 끊어지고, 뒤뜰에 피는 꽃과 앞뜰에 돋는 풀을 보면 까닭 없는 눈물이 비 오듯 해 한없는 설움으로 근근이 지냈습니다. 삼 년이 지난 뒤에 계모를 얻었는데 성품이 흉측해 우리를 박대하는 것이 날로 심해졌습니다. 서러운 생각 슬픈 마음을 어디다 의지하지 못하고 어찌할 줄을 몰랐습니다. 낮이면 아버지를 바라보고 밤이면 어머니를 생각하며 자매 서로 의지해 긴 여름날과 가을밤을 한숨과 탄식으로 지냈습니다. 이제 흉악하고 악독한 계모의 손아귀를 벗어나지 못하고 오늘 이 물에 빠져 죽사오니 장화의 억울한 사정을 천지신명께서는 살펴 주시옵소서. 다만 홍련의 불쌍한 인생을 어여삐 여기사 저 같은 일을 당하지 않게 해 주시옵소서.”

장화는 하늘을 향해 울부짖고 장쇠를 보며 당부했다.

“나는 몹쓸 누명을 쓰고 죽지만 외로운 홍련을 불쌍히 여겨 네가 잘 이끌어 부모님께 죄를 짓지 않도록 해라. 아무쪼록 부모님을 잘 모셔서 오래오래 살기를 바라노라.”

장화는 왼손으로 치마를 걷어쥐고 오른손으로 월자를 벗어 들더니 신을 벗고 발을 동동 구르는 것이었다. 장화는 비 오듯 눈물을 흘리며 자신이 온 길을 향해 또다시 통곡하며 소리를 질렀다.

“어여쁜 우리 홍련아, 불쌍한 우리 홍련아, 빈방에 홀로 앉아 누구

● **천륜**(天倫) 부모 형제 사이에 마땅히 지켜야 할 도리.
● **월자**(月子) 예전에 여자들의 머리숱이 많아 보이라고 덧넣었던 딴머리. '다리'라고도 한다.

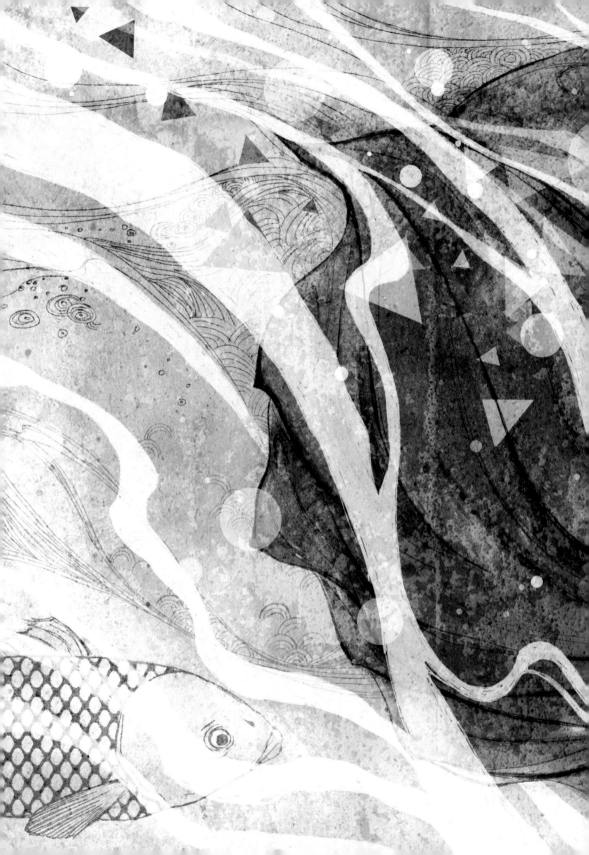

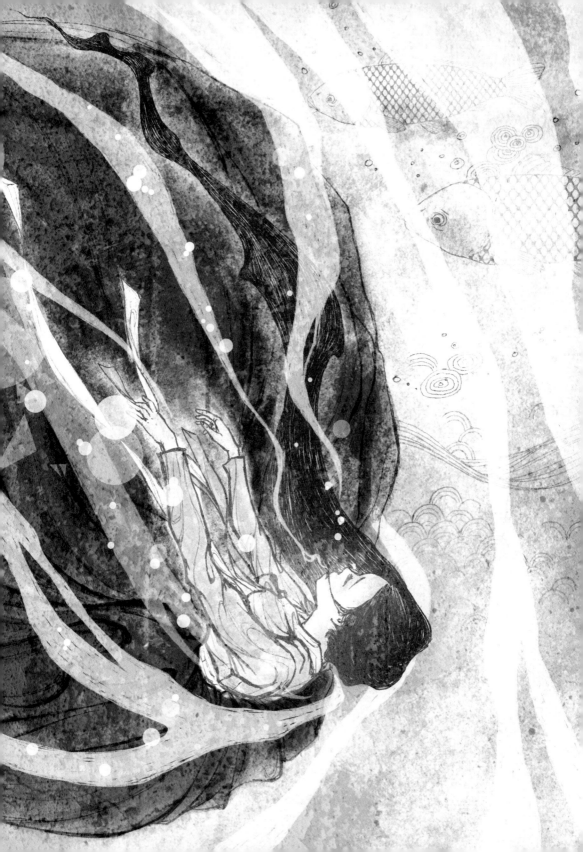

를 의지하며 잠인들 어찌 자겠느냐? 너를 두고 죽는 이내 간장 굽이 굽이 다 녹는구나."

장화는 말을 마치자마자 깊이를 알 수 없는 시꺼먼 물속으로 나는 듯이 뛰어들었다.

가련하도다! 장화의 원통한 일을 누가 알아서 누명을 벗겨 주리오? 하지만 하늘도 무심치 아니하니 반드시 선과 악의 주고받는 이치가 있을 것이다.

가엾은 우리 언니야,
불쌍한 우리 언니야!

장화가 물에 뛰어들자 홀연 물결이 일어나 하늘 높이 치솟으며 찬바람이 휘익 하고 불었다. 순간 난데없이 큰 호랑이가 장쇠를 향해 달려들었는데 그와 동시에 허공에서 소리가 들렸다.

"네 어미가 흉악해 죄 없는 자식을 이렇게 참혹하게 죽였으니 어찌 하늘이 무심치 않겠느냐. 내가 너부터 죽여 없앨 것이로되 아주 죽이는 것보다는 평생을 고통스럽게 살게 하는 것이 나을 것이니 어디 한번 견뎌 보아라."

호랑이가 달려들어 장쇠의 두 귀와 한쪽 팔과 한쪽 다리를 베어 먹고는 간데없이 사라졌다. 장쇠는 호랑이가 달려들자 너무 놀란 나머지 그 자리에서 기절해 무슨 일이 벌어졌는지도 몰랐다. 장화가 타고 왔던 말은 그 모습에 크게 놀라 집으로 달려갔다.

그때 허씨는 장쇠를 보내 놓고 밤이 깊도록 잠을 자지 않으며 기다
렸는데, 시간이 많이 흘러도 장쇠가 오지 않아 이상하게 여기고 있었
다. 그런데 말이 소리를 지르며 집 안으로 달려 들어왔다. 허씨가 자신
의 계책이 성공한 줄 알고 반가워하며 내다보니 말만 온몸에 땀을 흘
리며 달려왔고 사람의 흔적은 찾을 수 없었다.

허씨는 크게 놀라 종들을 불러 불을 밝히고 말이 돌아온 흔적을
좇아 장쇠를 찾게 했다. 마침내 못가에 거꾸러져 있는 장쇠를 찾아내
고 자세히 보니 한쪽 팔다리와 두 귀가 없고 피를 많이 흘려 죽은 사
람 같았다.

모두 다 놀라서 어찌할 줄을 모르고 있는데, 문득 이상한 냄새가 진
동하며 차가운 바람이 으스스 불어오는 것 아닌가. 모두 이상하게 여
겨 냄새가 나는 곳을 찾으니 바로 못 가운데서 흘러나오는 것이었다.

종들이 장쇠를 떠메고 집으로 돌아오니 허씨는 크게 놀라 어쩔 줄
을 몰랐다. 경황이 없는 중에도 온갖 방법으로 장쇠를 치료하자 이튿
날 간신히 장쇠가 정신을 차렸다. 허씨는 기뻐하며 어찌 된 일인지 물
었다. 장쇠는 간밤에 일어났던 일을 하나도 빠트리지 않고 말했지만,
장화가 물에 뛰어든 뒤의 일은 아무것도 알지 못했다.

허씨는 무슨 일이 있었는지 알고 싶었지만 어쩔 도리가 없었다. 장
쇠가 다친 것 때문에 장화 홍련 자매를 원망하는 마음이 더욱 심해진
허씨는 밤낮으로 홍련이마저 없앨 궁리를 했다.

장쇠가 호랑이에게 물려 집안이 발칵 뒤집어진 것을 본 배 좌수는

장화가 억울하게 죽었다는 것을 깨닫고 크게 후회하며 슬픔으로 나날을 보냈다. 그나마 홍련이 남아 있어 다행이라 여기며 홍련에게 마음을 붙이고는 지극히 사랑했다.

한편, 홍련은 그런 일이 일어난 줄 모르고 있다가 사람들이 숙덕거리는 것을 보고 이상하게 여겨 허씨를 찾아가 장화의 소식을 물었다. 그러자 허씨는 성을 발칵 내며 얼굴이 붉으락푸르락해서는 말을 내뱉었다.

"장쇠가 요사스런 네 언니를 데리고 길을 가다가 호랑이를 만나 물려 죽을 뻔했다."

홍련은 장화의 안부가 궁금해 다시 언니의 소식을 묻자 허씨는 눈을 흘기며 말했다.

"장쇠가 다쳤다는데, 네 무슨 잔말이 그리 많으냐."

그러더니 허씨는 말을 딱 끊고는 휑 하니 나가 버렸다.

허씨에게 박대를 당한 홍련은 가슴이 터지고 몸이 떨려 정신을 차릴 수가 없었다. 홍련은 겨우 몸을 가누고 방으로 돌아와 언니의 이

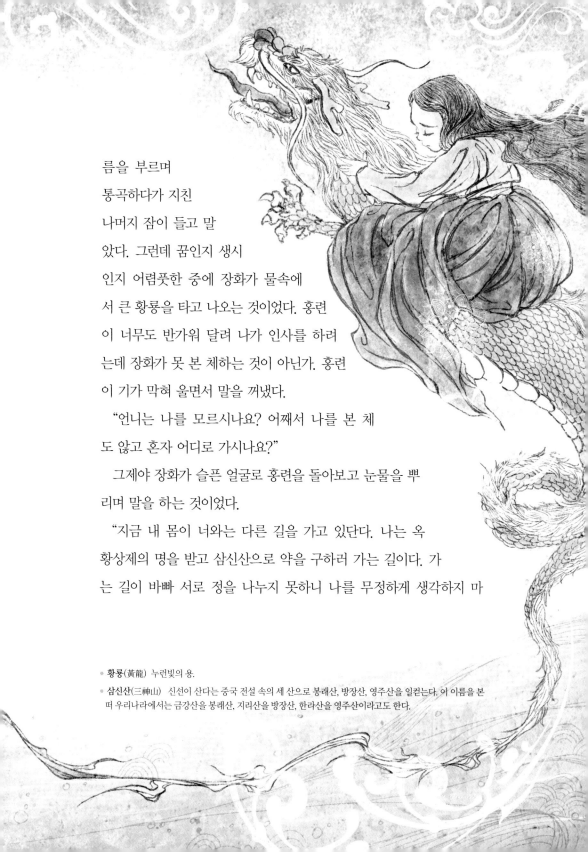

름을 부르며
통곡하다가 지친
나머지 잠이 들고 말
았다. 그런데 꿈인지 생시
인지 어렴풋한 중에 장화가 물속에
서 큰 황룡을 타고 나오는 것이었다. 홍련
이 너무도 반가워 달려 나가 인사를 하려
는데 장화가 못 본 체하는 것이 아닌가. 홍련
이 기가 막혀 울면서 말을 꺼냈다.

　"언니는 나를 모르시나요? 어째서 나를 본 체
도 않고 혼자 어디로 가시나요?"

　그제야 장화가 슬픈 얼굴로 홍련을 돌아보고 눈물을 뿌
리며 말을 하는 것이었다.

　"지금 내 몸이 너와는 다른 길을 가고 있단다. 나는 옥
황상제의 명을 받고 삼신산으로 약을 구하러 가는 길이다. 가
는 길이 바빠 서로 정을 나누지 못하니 나를 무정하게 생각하지 마

● **황룡**(黃龍) 누런빛의 용.
● **삼신산**(三神山) 신선이 산다는 중국 전설 속의 세 산으로 봉래산, 방장산, 영주산을 일컫는다. 이 이름을 본
　떠 우리나라에서는 금강산을 봉래산, 지리산을 방장산, 한라산을 영주산이라고도 한다.

라. 앞으로 너를 데려다가 우리 자매가 함께 즐길 날이 있을 것이다."

장화가 그 말을 할 즈음에 갑자기 장화가 탄 황룡이 소리를 질렀다. 홍련이 놀라 정신을 차리고 보니 한바탕 꿈이었다. 온몸에 땀이 흐르고 기운이 서늘하며 정신이 아득해졌다. 언니를 만난 꿈이 심상치 않아 홍련은 아버지께 그 사연을 말하며 통곡했다.

"오늘 소녀의 마음이 무엇을 잃어버린 듯이 허전하고 슬픔을 견디기 어렵던 차에 그런 꿈까지 꾸니 언니가 분명 다른 사람에게 해를 입은 게 분명합니다."

배 좌수는 홍련의 말을 듣고 가슴이 막혀 말을 잇지 못하고 눈물만 흘릴 뿐이었다. 옆에 있던 허씨가 얼굴빛을 바꾸고 홍련을 꾸짖었다.

"어린 계집애가 무슨 잔말을 그리 늘어놓아 어른의 마음을 슬프게 하고 심사를 울적하게 하느냐! 썩 나가지 못할까!"

그러면서 홍련의 등을 떠밀어 내치는 것이었다. 홍련이 할 수 없이 울며 쫓겨 나와 곰곰이 생각하니 참 이상한 일이었다.

'내가 꿈 이야기를 여쭈었는데 아버지는 슬퍼하며 아무 말도 못하시고 계모는 얼굴빛이 변해 이렇게 구박하니 분명 무슨 일이 있구나.'

하지만 홍련은 자세한 내막을 알지 못해 어쩔 도리가 없었다.

하루는 허씨가 밖에 나간 사이에 홍련이 장쇠를 불러 장화가 죽은 사실을 아버지에게 들어 이미 알고 있는 것처럼 꾸며 말하고 언니에게 무슨 일이 있었는지 타일러 물어보았다. 장쇠는 감히 속이지 못하고 장화를 물에 빠트려 죽인 사연을 낱낱이 얘기해 주었다.

그제야 홍련은 언니가 억울하게 죽은 것을 알고 통곡하다가 기절했다. 홍련은 한 식경쯤 지난 뒤에 겨우 정신을 차리더니 언니를 부르짖으며 말했다.

"어여쁜 우리 언니야, 야속한 계모야! 가엾은 우리 언니야, 흉악한 계모야! 불쌍한 우리 언니야, 어찌해 적막한 빈방에 외로이 나를 남겨 두고 깊은 물에 빠져 슬픈 혼백이 되었나요? 사람마다 제명에 죽어도 오히려 부족하게 여기고 서러워하거늘 하물며 모함을 당해 마지못해 죽었으니 오죽하겠어요. 불쌍한 우리 언니야! 이팔청춘 좋은 시절에 억울한 누명을 쓰고 천만년의 원혼이 되었단 말인가. 예나 지금이나 세상 어디에 이런 원통하고 분통한 일이 또 있을까요. 밝고 밝은 하늘이여, 굽어살피소서!

소녀, 세 살에 어머니를 여의고 언니와 더불어 서로 의지하며 세월을 보냈는데 이제 언니가 죽어 없어졌사오니 이 외로운 몸은 어디에 의지해야 합니까? 전생에 무슨 죄를 지었기에 이생의 운명이 사나워 이 지경을 당하게 하십니까? 차라리 언니처럼 더러운 욕을 보기 전에 내 몸이 먼저 죽어 남을 원망하지 않으려 합니다. 이제 저의 처지를 불쌍히 여기시고 소원을 이루게 하소서. 외로운 혼백이라도 언니와 같이 지내고자 하나이다."

말을 마친 홍련의 얼굴에는 걷잡을 수 없는 눈물이 흘렀다.

＊ **식경(食頃)** '밥을 먹을 동안'이라는 뜻으로, '한 식경'은 한 끼의 밥을 먹을 만한 시간을 말한다.

언니를 따라 못에 뛰어들다

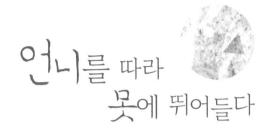

슬픈 일이로다. 홍련이 언니를 따라 죽기로 맹세하고 언니가 죽은 곳을 찾으려 했으나 대문 밖에 나가 본 적이 없는 처자의 몸으로 어찌 찾을 수가 있겠는가. 그저 죽은 언니 생각에 먹지도 자지도 않고 밤낮으로 슬퍼할 뿐이었다.

그러던 어느 날, 파랑새 한 마리가 날아와서 화단 위를 오락가락하는 것 아닌가. 언니의 죽음에 슬퍼하는 마음을 가라앉히지 못하고 있던 홍련은 그것을 보고 이런 생각을 했다.

'언니가 죽은 곳을 몰라 안타까웠는데 저 파랑새가 비록 미물이나 저렇게 왔다 갔다 하는 것이 혹시 나를 데려가려 하는 것 아닐까?'

그런데 파랑새가 갑자기 사라져 간 데를 알 수 없게 되자 홍련이 탄식했다.

"파랑새는 미물이니 어찌 나의 처지를 알겠는가? 그렇게 믿은 내가 어리석구나."

하지만 미련을 버리지 못하고 혹시 다음 날 파랑새가 다시 와서 언니의 소식을 전해 주지 않을까 기다렸지만 오지 않았다. 이튿날도 기다렸지만 오지 않았고, 그 다음 날도 오지 않았다. 그제야 어쩔 수 없어 탄식하며 혼잣말을 했다.

"파랑새가 오지 않아도 언니가 죽은 곳을 직접 찾아가리라. 이 일을 아버지께 말씀드리면 분명 말리실 것이니, 사연을 적어 두고 가리라."

홍련은 붓과 먹을 내어 눈물로 유서 한 장을 썼다.

불초한 딸 홍련은 아버님께 두어 자 글을 올리옵나이다.
소녀 일찍이 어머니를 여의고 자매 서로 의지해 지내 왔는데,
별안간 장화 언니가 죄도 없이 더러운 누명을 쓰고 죽어 마침내
이 지경에 이르렀습니다. 어찌 슬프고 원통하지 않겠습니까?
지난날 우리 자매가 한시도 아버님 슬하를 떠나 본 일이 없이
십 년을 한결같이 지냈습니다. 이제 듣자오니 언니가 터럭만

* 불초(不肖) 아버지를 닮지 않았다는 뜻으로, 어리석고 못난 사람을 이른다.

한 허물도 없이 흉악한 계모의 음모 때문에 죽었다 합니다. 이런 일이 있었
을 줄이야 어찌 꿈에서인들 생각했겠습니까? 이제 죽은 언니는 아버님의 얼
굴을 뵙지 못하고 목소리도 들을 길 없사오니 어찌 원통하지 않겠습니까?
불초한 딸 홍련은 가만히 있다가는 머지않아 언니처럼 흉악한 계모의 음해
를 피하지 못할 것 같습니다. 차라리 제가 먼저 언니를 따라가 지하에 가
서나마 자매 서로 의지하면 언니처럼 더러운 누명을 쓰는 일은 없지 않을까
합니다.

　이러하여 지극히 원통하고 슬픈 글을 아버님께 써 올립니다. 눈물이 앞
을 가리고 가슴이 막혀서 대강의 사연만 적어서 하직을 아뢰오니 엎드려
바라옵건대 아버님께서는 이 불초한 딸을 조금도 생각하지 마시고 만수무
강하옵소서.

이미 밤이 깊어 오경이 되었다. 달빛은 환하고 서늘한 바람이 쓸쓸하게 불어오는데, 갑자기 어디선가 파랑새가 날아와 앵두나무에 앉더니 홍련을 보고 반가운 듯 지저귀는 것이 아닌가.

"네 비록 미물이지만 우리 언니 있는 곳을 가르쳐 주러 왔느냐?"

그러자 파랑새가 알아듣고 그렇다는 듯 고개를 끄덕였다.

"과연 그러하냐? 네가 길을 알려 주러 왔다면 앞서 날아가거라. 내 너를 따라가리라."

파랑새는 홍련의 말을 알아듣는 것처럼 계속 고개를 끄덕였다. 유서를 상 위에 놓고 방문을 열고 나오던 홍련은 슬픔이 복받치는지 통곡을 했다.

"내 운명이 참으로 가련하구나. 이제 어디로 가서 다시 이 문을 볼 수 있으리오."

홍련이 눈물을 삼키며 앞서 가는 파랑새를 따라가는데 얼마 가지

● **하직**(下直) 먼 길을 떠날 때 웃어른께 작별을 고하는 것.
● **오경**(五更) 저녁 일곱 시부터 다음 날 새벽 다섯 시까지 두 시간 단위로 밤 시간을 나누었는데, 오경은 새벽 세 시에서 다섯 시 사이를 말한다.

못해서 동쪽 하늘이 밝아 오기 시작했다. 점점 나아가니 청산은 첩첩한데 황금 같은 꾀꼬리는 버들가지에 앉아 봄날을 노래하고 두견새는 돌아가라고 '불여귀' 하며 슬피 울어 사람의 마음을 울적하게 했다.

마침내 산속의 못가에 다다르자 파랑새가 주저하며 더 가지 않았다. 홍련이 좌우를 살펴보니 물 위에 여러 가지 빛깔의 구름이 자욱한데, 문득 슬픈 울음소리가 나며 홍련을 부르는 것이었다.

"홍련아, 너는 무슨 죄를 지어 천금같이 귀한 목숨을 속절없이 이 험악한 곳에 버리려 하느냐? 사람은 한 번 죽으면 다시 살아나지 못하느니라. 가련하구나, 홍련아! 앞날은 헤아리기 어려우니 억울하고 원통한 일은 다시 생각하지 말고 속히 돌아가 부모님을 효성으로 봉양하거라. 좋은 사람을 만나 아들딸 많이 낳고, 부디 돌아가신 어머니의 혼령을 위로해 드려라."

바로 장화 언니의 목소리였다. 홍련은 반가운 마음에 급히 소리를 질러 언니를 불렀다.

"언니는 전생에 무슨 죄를 지었기에 나를 두고 이곳에 와 계십니까? 언니가 떠난 뒤로 홀로 견딜 수 없어 나도 언니를 따라 같이 가고자 합니다."

홍련이 언니에게 부르짖으니 공중에서도 울음소리가 그치지 않아 두 자매의 슬픔이 더할 나위 없었다. 홍련이 슬픔을 이기지 못해 정신을 차리지 못하다가 겨우 진정하고 하늘을 향해 빌었다.

"우리 언니의 누명을 벗겨 깨끗한 사람이 되게 해 주시기를 천만번 바라옵니다. 또한 이 홍련의 원통한 사정을 밝혀 언니를 따라가 함께 지내게 해 주소서."

홍련이 무수히 애원하니 그 불쌍하고 가련한 모습을 어찌 다 적을 수 있겠는가.

때는 마침 팔월대보름 무렵이라 달은 밝고 바람은 쓸쓸한데 첩첩산중에 온갖 짐승이 슬피 울어 사람의 마음을 더욱 슬프게 했다. 그때 문득 공중에서 홍련을 부르는 소리가 들렸다.

"홍련아, 네 소원이 그러하다면 이 물에 뛰어들어 이리로 오너라."

홍련이 그 소리를 듣고 정신이 아득해 치마를 부여잡고는 나는 듯이 물속으로 뛰어드니, 그 참혹하고 가련한 모습을 차마 눈 뜨고는 볼 수 없었다.

갑자기 천지가 슬퍼하며 우는 듯하고 물에 안개가 자욱한 가운데 슬픈 울음소리가 그치지 않았다. 게다가 울음소리와 더불어 계모의 음모로 억울하게 죽은 사연이 구구절절 흘러나왔다.

그 뒤부터 그곳을 지나는 사람마다 그 소리를 듣고는 장화 홍련 자매의 원통하고 억울한 사연과 배 좌수 부부의 흉악무도한 행적을 자연히 알게 되었다.

• **불여귀(不如歸)** 두견새의 다른 이름. 촉나라 황제인 망제가 황제의 자리에서 쫓겨나 서산에 들어가 두견새가 되었다는 전설에서 유래한 것이다. '촉나라로 돌아가고 싶다.'라는 뜻의 '귀촉도(歸蜀道)'로도 불린다.

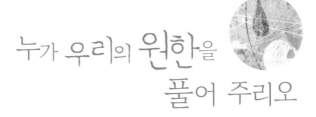

누가 우리의 원한을 풀어 주리오

한편 장화 홍련 자매의 억울한 혼백은 구천에 사무쳐 흩어지지 않고 억울한 사연을 풀고자 철산 고을에 나타났다. 하지만 장화 홍련 자매가 사정을 호소하려 철산 부사 앞에 나타나기만 하면 부사가 기절해 죽었다. 그러기를 여러 번 반복하니 철산에는 고을을 맡으러 내려갈 사람이 없어 자연 폐읍이 되고 말았다.

게다가 해마다 흉년이 들어 백성들이 굶주려 죽으니 사람들이 사방으로 흩어져서 고을이 텅 비었다. 평안 감사가 그 사연을 듣고 조정에 글을 올리자 임금이 크게 근심하고 날마다 조정에서 의논하여 철산 부사로 내려갈 사람을 구했다.

마침 임금에게 선전관 벼슬을 하고 있던 정동호라는 사람이 강직하고 아는 것이 많다는 추천이 들어갔다. 임금은 정동호를 친히 들라 해 명령을 내렸다.

"지금 철산 고을에 백성들이 흩어져 폐읍이 되었다 하니 염려가 많구나. 게다가 가고자 하는 자가 없던 참이었는데 조정에서 너를 추천했기에 특별히 철산 부사에 제수하니 빨리 철산으로 가서 백성을 편안하게 하고 내가 바라는 바를 저버리지 말라."

정동호는 임금의 명을 받아 사은숙배하고 그날로 철산군으로 떠났다. 신임 부사는 철산군에 도착하자마자 즉시 이방을 불러 상황을 물었다.

"내 들으니 이 고을에 원님이 부임하면 그날로 즉시 죽는다는데 그 말이 사실이냐?"

"과연 오륙 년 전부터 이 고을에 오시는 원님마다 첫날밤을 보내면 비몽사몽간에 꿈을 깨지 못하고 아주 잠들어 일어나시지 못하는데 까닭을 모르겠습니다."

이방의 대답을 들은 부사는 관아의 모든 사람에게 분부했다.

"너희들은 밤에 잠을 자지 말고, 불을 끄고 조용히 있으면서 무슨 일이 일어나는지 동정을 살펴라."

- **구천(九泉)** '땅속 깊은 밑바닥'이란 뜻으로, 죽은 뒤에 넋이 돌아가는 곳을 이른다.
- **폐읍(廢邑)** 규모가 작아지거나 하는 따위의 이유로 관청이 없어진 고을.
- **선전관(宣傳官)** 조선 시대에 형의 집행이나 임금님의 호위, 명령의 전달 따위의 일을 맡아보던 선전관청에 소속된 무관.
- **제수(除授)** 임금이 직접 벼슬을 내리는 일.
- **사은숙배(謝恩肅拜)** 임금의 은혜에 감사하며 공손하게 절을 올리는 일로, 임금의 명을 받은 벼슬아치가 행하던 절차이다.

관속들이 명을 듣고 물러간 뒤 부사는 객사에서 촛불을 밝히고《주역》을 소리 내어 읽으며 밤을 보냈다. 밤이 깊어지자 갑자기 찬바람이 일어나 촛불이 꺼지고 정신이 아득해 무슨 일이 일어나는지 알 수 없는 지경이 되었다. 그런데 난데없이 미인이 푸른 저고리에 붉은 치마를 차려입고 문을 열고 들어와 절을 하는 것이 아닌가. 부사는 소스라치게 놀랐으나 정신을 가다듬고 물었다.

"너는 누구이며, 이 깊은 밤에 왜 여기에 들어왔느냐?"

그러자 미인이 고개를 숙이고 일어나 다시 절하며 말했다.

- 관속(官屬) 지방 관아의 아전과 하인을 통틀어 이르던 말.
- 객사(客舍) 조선 시대에 각 고을마다 설치해 외국 사신이나 다른 곳에서 온 벼슬아치를 대접하고 묵게 하던 숙소.
- 《주역(周易)》 유교 경전 가운데 하나로, 음양의 원리로 온갖 사물의 형상을 설명하고 해석한다.

"소녀는 이 고을에 사는 배무용의 딸 홍련이온데, 억울한 사연이 있어 외람되이 이곳에 들어왔사옵니다."

"그러면 무슨 일인지 자세히 말해 보거라."

홍련이 엎드려 그간 있었던 억울하고 원통한 사연을 차근차근 이야기했다.

"소녀의 어미가 배씨 집안에 시집와서 언니 장화와 소녀를 낳아 손안의 보물처럼 애지중지 길렀습니다. 언니가 여섯 살이 되고 소녀가 네 살 되던 해에 소녀의 어미는 그만 돌아가시고 저희 자매는 서로 의지하며 지냈습니다. 제 아비가 후처 허씨를 얻었는데 여러 행동이 수상했지만 다행히 아들 삼 형제를 연달아 낳자 제 아비가 혹해 계모의 이야기만 듣고 소녀 자매를 심하게 박대했습니다. 하지만 저희 자매는 부모님을 더욱 공경하고 더욱 조심해 아무쪼록 부모님의 뜻에 맞추어 가려 했습니다.

소녀 자매가 점점 장성하니 얼굴과 재주가 남에게 과히 뒤떨어지지 않았습니다. 제 아비는 소녀 자매를 애지중지하여 장차 좋은 짝을 구해 원앙이 다정하게 녹수에서 노는 것처럼 즐거움을 보려 했습니다. 하지만 계모의 시기로 스무 살이 되도록 혼인을 하지 못했습니다. 이는 다름이 아니라 소녀의 어미가 재산을 많이 가져와 논밭이 천여 석, 돈이 수만 금, 노비가 수십 명이 되었는데, 소녀 자매가 출가하면 그

● 녹수(綠水) 푸른 물.

74

재물을 많이 가져갈까 봐 그리했던 것입니다. 계모는 소녀 자매를 시기하는 마음을 품어 죽여 없애고 자기 자식들이 그 재산을 모두 차지하게 하려고 밤낮으로 저희를 없앨 계책을 생각했습니다. 나중에는 결국 무서운 흉계를 내어 큰 쥐를 잡아다가 껍질을 벗기고 피를 바른 뒤 몰래 언니의 이불 속에 넣어 낙태한 태아같이 만들어 놓았습니다. 그것을 가지고 아비를 속여 잘못을 드러낸 뒤에 언니를 없애려고 했습니다. 거짓으로 언니를 외삼촌 댁에 보내는 체하여 강제로 말을 태웠고, 아들 장쇠를 시켜 데리고 가다가 깊은 못에 빠트려 죽였으니 세상에 이런 원통한 일이 어디 있습니까?

소녀 늦게야 이 일을 알고 너무 원통해 스스로 생각해 보니 구차하게 살다가는 또 그런 계모의 흉계에 빠져 살아남지 못할 것 같아 언니가 죽은 곳을 찾아가 빠져 죽었사옵니다. 소녀 죽는 것은 원통하지 않으나 언니가 쓴 흉측한 누명을 벗길 길이 없어 이렇게 원혼이 되었습니다.

이런 사정을 아뢰고자 새로 원님이 내려오실 때마다 이렇게 들어왔습니다만, 모두 놀라 기절해 다시는 일어나시지 못한 까닭에 자세한 사정을 아뢰지 못했습니다. 오늘 하늘이 도와 사리에 밝으신 원님이 내려오셨다는 말을 듣고 당돌하게 들어와 자세한 사연을 아뢰옵니다. 엎드려 바라옵건대, 현명하신 원님은 소녀의 처지를 불쌍히 여기시어 내막을 자세히 조사하시옵소서. 소녀 자매의 사무친 원한을 풀어 주시고 아무런 잘못도 없는 언니의 누명을 벗겨 주시면 그 은혜 대대로 갚을 것이며 이 고을도 무사태평하리니 깊이 살펴 주소서."

홍련의 원혼은 긴 말을 마치더니 다시 일어나 절하고 밖으로 나갔다. 하소연을 다 들은 부사는 마음이 어지러워 잠을 이루지 못하고 이런저런 생각으로 밤을 지새웠다.

'이런 일이 있어서 폐읍이 되었던 것이로구나.'

부사는 이튿날 아침 일찍이 동헌에 자리를 잡고 좌수와 이방을 불러들였다.

"이 고을에 배무용이라는 사람이 있느냐?"

"그런 사람이 있사옵니다."

"배무용에 대해 자세히 아는 것이 있느냐?"

"읍내에서 수백여 리 떨어진 곳에 사는 까닭에 저는 자세히 알지는 못하오나 옆에 있는 좌수는 그곳에 살고 있으니 분명 자세히 알 것입니다."

이방이 그렇게 말하자 옆에 있던 좌수가 대답했다.

"배무용은 본래 이 고을 양반으로 좌수까지 지냈고 살림살이도 넉넉합니다."

"그런 사실을 묻는 것이 아니다. 부부가 잘 지내는지, 자손은 많은지, 집안은 화목하고 인심이 순박해 남에게 칭찬을 듣는지, 집안에 무슨 일이 있고 없는지 묻는 것이니 혹시 아는 것이 있느냐?"

"배무용은 본래 가난한 처지였는데 전처의 재산이 많아 이 고을 부

● 동헌(東軒) 지방 관아에서 그 지방의 일을 처리하던 중심 건물.

자라는 이름을 얻었습니다. 또 전처에서는 딸을 둘 두었고 후처에서
아들 삼 형제를 두었나이다."

"딸들은 다 출가했느냐?"

"딸자식은 다 죽었다 하더이다."

"어떻게 죽었느냐?"

"남의 일이라 자세히는 모르오나 대강 듣자오니 언니 장화는 무슨
죄를 지어 못에 빠트려 죽였는데, 동생은 언니가 죽자 밤낮으로 통곡
하다가 언니가 죽은 곳에 빠져 죽었다고 합니다. 그 뒤부터 사람들이
그 못 근처에 가면 자매의 원혼이 물가에 나와 울며 계모의 음모로 누
명을 쓰고 죽었다고 애원하는 소리를 해서, 듣는 사람이 모두 눈물을
흘린다고 합니다."

부사는 좌수의 말을 듣고 즉시 사람을 보내 배 좌수 부부를 잡아들
이라 했다.

그 무렵 철산군 관속들은 원님이 부임한 이튿날 송장을 치는 것이
행사처럼 되어 이번에도 원님이 죽었으리라 여기고 매장할 기구를 미
리 준비하고 대령했다. 그런데 원님이 죽지 않고 이같이 일을 처리하
니 모두 신기하게 여겼다.

배 좌수와 계모 허씨의
죄를 캐묻다

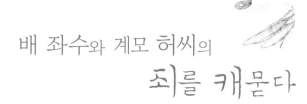

부사가 보낸 차사들이 배 좌수 집에 들이닥쳐 부사의 명을 알리고 잡아가려 하자 배 좌수는 머리를 숙이고 아무 말도 않는데 흉악한 허씨는 성을 벌컥 내며 얼굴빛이 변하더니 소리를 질렀다.

"우리가 나라의 땅을 차지한 적도 없고, 살인강도 죄를 지은 적도 없으며, 나라에 역적죄를 지은 적도 없거늘 어찌해 나까지 잡아들이려 하시오? 집안의 가장만 잡아가고 나는 놓아주시오."

그러자 차사들이 소리를 버럭 지르며 말했다.

"우리 신관 사또께서 아시는 일이 귀신같은데 죄가 없으면 어찌 잡아 오라 했겠소? 죄가 있고 없고는 우리에게 물을 것이 아니오. 우리는 명령을 받고 온 것뿐이니 잔말 말고 가시오!"

차사들이 호랑이처럼 호통을 치며 배 좌수 부부를 득달같이 잡아와 관가의 뜰에 대령하자 부사가 물었다.

"네 자식이 몇 명이냐?"

"딸 자매와 아들 삼 형제가 있었는데, 딸은 다 죽고 아들만 있나이다."

"딸은 무슨 일로 죽었느냐?"

"병들어 죽었나이다."

배 좌수의 뻔뻔한 대답에 별안간 부사가 화를 벌컥 내며 호통쳤다.

"내 이미 다 알고 있는데, 네 어찌 나를 속이려 드느냐!"

배 좌수는 얼굴이 흙빛이 되어 아무 말도 못하고 있었다. 허씨가 곁에 있다가 원님의 말을 듣고 크게 놀라 배 좌수에게 말을 건넸다.

"원님이 다 아시고 묻는데 터럭만큼이라도 속여서야 되겠습니까? 바른대로 아뢰시지요."

부사가 이번에는 허씨에게 분부했다.

"네 말이 옳다. 그러면 네가 자세히 아뢰어라."

"저는 전실이 낳은 두 딸을 금옥같이 길러 잘 키웠나이다. 곧 시집을 보내려 했는데, 장녀 장화가 부정한 행실을 저질러 잉태까지 하게 되었습니다. 그 사실이 누설될까 두려워 종들도 모르게 약을 먹여 낙태시켰나이다. 사람들이 그런 줄도 모르고 계모의 음모로 여길 것 같아 장화를 불러 '네 죄는 죽어 마땅하나 너를 죽이면 다른 사람은 나의 음모로 알겠기에 죄를 용서해 줄 테니 앞으로는 다시 이러한 행실을 하지 말고 마음을 깨끗이 닦도록 해라. 만일 남들이 알면 우리 집을 경멸할 것이니 무슨 면목으로 사람을 대하겠느냐.' 하며 꾸짖었나이다. 그랬더니 저도 죄를 짓고 부모 보기가 부끄러웠는지 밤에 몰래 나가 못에 빠져 죽었사옵니다. 동생 홍련이도 제 언니가 죽은 뒤 밤에 몰래 도망친 것이 벌써 오륙 년이 되었사온데 아직까지도 어디로 갔는 지 알 수 없습니다. 양반의 자식으로 행실이 그릇되어 집을 나간 것을 어찌 찾사옵니까? 그런 사정이 있어 남에게 말할 수 없어 묻어 둔 까닭에 다른 사람은 알지 못하나이다."

허씨의 말을 들은 부사가 다시 물었다.

"네 말이 그러하다면 낙태했다는 증거가 있느냐?"

"일이 중대하고 한 사람의 운명을 좌우하니 어찌 증거 없이 자식을 꾸짖고 경계하겠사옵니까? 그런 까닭에 낙태한 증거를 지금까지 보존해 두었습니다."

"그러면 그것을 가지고 오너라."

"뜻밖에 무슨 일이 있을지 몰라 그것을 말려 몸에 지니고 다녔사오니 자세히 살펴보옵소서."

허씨가 품속에서 마른 고깃덩어리 같은 것을 하나 꺼내 올리자 부사가 자세히 살펴보았다. 다소 이상하게 생기기는 했지만, 태아의 모습 같기도 했다.

"네 말이 그러하나 죽은 지 오래되어 분명한 사실인지 알 수가 없다. 내가 특별히 조사를 더 해 보고 처리할 것이니 오늘은 이만 물러가라. 만일 조금이라도 네 말과 다를 때에는 너는 죽음을 면치 못할

● **차사**(差使) 고을의 원이 죄인을 잡으러 보내던 관아의 하인.

것이다. 그러니 지금이라도 공연히 관청에 분란을 일으키지 말고 바른 대로 말해라."

"공명정대하신 원님 앞에서 어찌 터럭만큼이라도 속일 수 있겠습니까? 소인이 거짓말을 했다는 것이 조금이라도 드러나면 매를 맞아 죽더라도 어찌 원망하겠사옵니까?"

그날 밤, 장화 홍련 자매가 서운한 표정으로 다시 부사 앞에 나타나 두 번 절을 올린 뒤 말했다.

"소녀들은 천만뜻밖에 현명하신 분을 만나 억울한 누명을 씻을까 바랐는데, 나리께서도 흉악한 계모의 간사하고 악독한 계책에 속아 판결을 미룰 줄 어찌 알았겠사옵니까?"

장화와 홍련이 원망을 하자 부사가 말을 꺼냈다.

"내가 판결을 미룬 것이 아니라 자세한 사실을 염탐한 뒤에 처리하기로 한 것이다. 허씨의 말에 대해 무슨 명백한 증거가 있겠느냐?"

"옛날부터 지금까지 계모에게 해를 입은 사람을 어찌 다 말할 수 있겠사옵니까? 순임금 같은 성인도 계모에게 죽을 뻔했고, 민자건 같은 현명한 사람도 계모가 겨울옷에 갈대꽃을 넣어 주어 얼어 죽을 뻔했다 하는데, 하물며 소녀같이 미천한 신세야 일러 무엇하오리까? 소녀들의 억울한 사정은 천지신명께서 다 알고 계시니 다시 말씀드릴 것이 없거니와 분명한 증거를 원하시거든 멀리서 구할 것이 아니라 계모가 내민 고깃덩어리를 자세히 조사하시면 명확한 사실을 아시게 될 것이옵니다."

"그러면 그것을 어떻게 조사하면 좋겠느냐?"

"이리이리하시면 자연 아시게 되리니 무슨 염려가 있사오리까? 그러나 진상이 밝혀지면 소녀는 억울한 누명을 벗을 수 있지만, 소녀의 아비는 연루된 바가 있어 죄를 면하기 어려우니 살려 주시기를 간절히 바라나이다. 소녀의 아비는 인자하고 순해서 악한 마음이 조금도 없는데, 간악한 계모의 꼬임에 빠져 이 지경에 이르렀사오니 특별히 죄를 용서해 주시옵소서."

말을 마친 장화 홍련 자매는 일어나 다시 절하고 푸른 학을 타고서 공중으로 올라가는 것이었다.

● **순임금 ~ 뺀했고** 순(舜)임금은 고대 중국의 전설상의 임금인데, 어린 시절의 순임금을 계모와 배다른 형제들이 괴롭혔고 심지어는 우물에 빠트러 죽이려고까지 했다고 한다.

● **민자건 ~ 뺀했다** 민자건(閔子騫)은 효성으로 이름난 공자의 제자인데, 어려서 어머니를 잃고 계모 밑에서 자랐다. 계모는 자기가 낳은 두 아들만을 사랑하고 전처 자식인 민자건 형제는 박대했다. 하루는 아버지가 민자건에게 마차를 몰게 했는데, 어린 민자건이 유독 심하게 추위에 떨고 있었다. 이상하게 여긴 아버지가 상황을 살펴보니, 계모가 친자식의 옷에는 솜을 넣어 주고 전처의 두 아들 옷에는 갈대꽃을 넣어 준 것을 알게 되었다. 노발대발한 아버지가 계모를 쫓아내려 하자 민자건이 "어머님이 계시면 저 혼자 춥지만, 어머님이 계시지 않으면 우리 형제 모두가 추워집니다. 그러니 노여움을 거두어 주십시오."라고 해 계모를 용서해 주었고, 그 뒤 계모도 잘못을 뉘우쳐 화목하게 살았다고 한다.

한 맺힌 영혼들이 돌아오다!

철산 고을에 부임한 부사들은 고을을 다스려 보지도 못하고 모두 줄초상을 당합니다.
부임 첫날밤, 귀신을 만나기 때문이지요. 귀신이 무엇인가요? 바로 '사람이 죽은 뒤에
남는 넋'이랍니다. 사람이 죽으면 넋도 함께 저승으로 가야 하지만 그리지 못하고
이승을 떠돌며 산 사람의 주변을 배회하기도 하는데 이를 귀신이라 하지요.
귀신은 왜 저승으로 가지 못하고 이승을 배회할까요? 이승에서 못 다 한 한(恨)이 남아
있기 때문입니다. 기구하고 기막힌 이야기들을 다룬 많은 문학 작품과 영화에 귀신이
등장합니다. 이른바 '귀신의 귀환'인 셈이지요. 이제 옛이야기와 소설,
그리고 영화에 등장하는 귀신들을 만나 볼까요?

못 다 이룬 사랑의 한으로 불귀신이 된 '지귀(志鬼)'
우리 문학에서 가장 먼저 등장하는 귀신 이야기는 《삼국유사(三國遺事)》〈수이전(殊異傳)〉
에 실린 지귀 이야기입니다. 선덕여왕을 몹시 사모하던 한 미천한 역졸이 여왕의 행차를
기다리다 그만 잠이 들었습니다. 깨어나 보니 여왕은
떠나고 여왕이 징표 삼아 가슴에 얹어 준 팔찌만
남아 있었습니다. 지귀는 이를 보고 절망한
나머지 마음의 불이 일어났고 그 불이 몸
까지 태워 버려 '불귀신'이 됐다는 이야

기이지요. 존귀한 여왕과 미천한 역졸은 사랑을 이룰 수 없는 사이입니다. 그럼에도 불구하고 아름다움에 반해 넘볼 수 없는 여왕을 사모하게 된 지귀의 슬픔과 고통이 어떠했을까요. 가슴 속에서 일어나는 제어할 수 없는 사랑의 불꽃이 자신을 태워 스스로를 '불귀신'으로 만든 것이지요.

부당한 세상의 횡포에 저항하는 '여귀(女鬼)'

김시습의 《금오신화(金鰲新話)》에 등장하는 귀신들도 만나 볼까요? 〈만복사저포기(萬福寺樗蒲記)〉와 〈이생규장전(李生窺墻傳)〉은 죽은 여자 귀신이 살아 있는 남자와 사랑을 나누는 이야기입니다. 귀신은 보통 두려움의 대상으로 등장하는데 이 작품들에서는 산 자와 죽은 자의 사랑이 한 순간의 만남으로 끝나지 않고 절절한 사랑으로 이어진다는 점이 특이합니다. 두 작품의 여주인공은 전란 중에 각각 왜구와 홍건적에게 억울한 죽임을 당한 귀신이지요. 전란은 일종의 현 세계의 횡포인 셈인데, 거기에 맞서서 귀신을 등장시킨 것입니다. 말하자면 죽은 사람을 살려 내 그 부당함을 알려 준 셈입니다.

세조 정변에 저항한 김시습은 이 아름답고 비극적인 작품을 통해 절의(節義)를 드러내려 했다고 할 수 있습니다. 여주인공이 여귀로 나타나 사랑을 하는 것이나, 남자 주인공이 여귀의 뒤를 따르는 모습에서 이를 확인할 수 있지요.

중세 시대 억눌렸던 원혼, '일월산신이 된 황씨 부인'

경북 영양 지역에 전해 오는 설화로, 한 여인의 억울한 사연을 담은 귀신 이야기도 있습니다. 딸만 내리 아홉을 낳은 황씨 부인이 아들을 낳지 못한 죄책감으로 집에서 도망쳐 종적을 감추었는데, 산삼 캐는 사람의 삼막에 소복을 단정히 입고 앉아 있는 모습으로 발견되었습니다. 산삼 캐는 사람이 이 사실을 집에 알렸고 남편이 찾아가 부인의 손을 잡자 부인은 사라지고 백골과 재만 남았답니다. 남편은 유골을 거두어 장사를 지냈고, 마을 사람들이 황 부인의 한을 풀어 주기 위해 그 자리에 황씨 부인당을 세웠다고 하지요. 황씨 부인의 원혼은 중세 봉건 시대에 억눌렸던 여성들의 한을 대변한다고 할 수 있습니다.

잘못된 학교 현장을 고발하는 십대들의 원혼, '여고괴담'

아들을 낳아야 한다는 시집살이의 압박감이 황씨 부인을 원혼으로 만들었다면 입시 교육에 억눌린 십대들의 파괴된 원혼은 〈여고괴담〉 시리즈로 귀환합니다. 〈여고괴담〉은 학교의 폭력, 입시에 대한 압박감, 친구들의 따돌림 등으로 자살을 택한 여학생이 원혼이 되어 자신을 죽음으로 몰고 간 사람들에게 복수를 하는 이야기지요. "아직도 내가 네 친구로 보이니?"라는 유명한 대사를 유행시키기도 했지요.

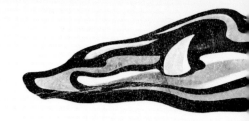

학교는 대체로 낡은 건물인 데다 밤이면 아무도 없는 공간이어서 귀신 이야기의 단골 소재로 등장합니다. 여기에 십대들의 호기심이 더해져 갖가지 학교 귀신 이야기가 만들어졌을 테지요. 하지만 학교의 비정상적인 교육으로 인해 생겨난 원혼들은 거꾸로 학교가 얼마나 모순투성인가를 고발하고 증명하는 역할을 합니다.

억울한 죽음에 대한 진실과 복수의 대명사, 셰익스피어의 '햄릿'

서양에서는 귀신을 '유령(ghost)'이라 부릅니다. 유령 또한 죽은 자의 혼이 저승에 가지 못하고 이승에 머무르는 것을 말하지요. 유령이 등장하는 최초의 작품은 셰익스피어의 《햄릿》입니다. 보초병들이 선왕의 유령을 보았다는 말을 듣고 햄릿은 친구 호레이쇼와 그 유령을 만나러 갑니다. 과연 선왕의 유령이 나타나 햄릿을 부르고, 유령은 아들에게 자신의 복수를 부탁합니다. 독살당한 선왕이 원혼이 되어 자신의 죽음을 알린 것이지요. 직접 복수를 하진 못해도 죽음의 진실을 알려 준다는 점에서 《장화홍련전》의 원귀와 비슷합니다.

능지처참 당하는 계모 허씨

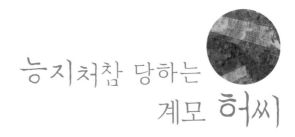

부사는 이튿날 일찍이 동헌으로 나가 배 좌수 부부를 다시 잡아 오라 하고는 다른 것은 묻지도 않고 낙태한 것을 내놓으라고 했다. 자세히 살펴보니 장화 홍련 자매가 간밤에 일러 준 대로 과연 사람의 태아가 아닌 것이 분명했다. 그래서 흉악한 허씨에게 물었다.

"이것이 분명 낙태한 것이냐?"

"분명 그러하옵니다."

부사는 화를 벌컥 내며 호통을 쳤다.

"이 사악하고 요사스러운 계집아, 네 어찌 나를 이같이 심하게 속이느냐? 이것이 사람의 태아가 아니라는 사실이 드러나면 네 목숨이 당장 끊어질 텐데 그래도 우기겠느냐?"

부사가 주변에 있는 관원들에게 명령해 낙태한 것을 반으로 갈라

보니 그 속에는 쥐똥이 가득했다. 그것을 본 사람들은 모두 놀라고 분해 허씨의 극악한 죄를 꾸짖으며 장화 홍련 자매의 억울한 죽음을 불쌍히 여겨 눈물을 흘렸다.

부사가 크게 진노해 허씨를 꾸짖으며 말했다.

"이 극악한 년아, 네가 이런 천고에 없는 죄를 짓고도 건방지게 거짓말을 해 관장까지 속이니 이런 무엄한 년이 이 세상에 또 어디 있으리오. 네 이제 또 무슨 변명이 있느냐? 나라의 법을 업신여기고 하늘을 속여 사람 죽이기를 우습게 여겼으니 당장 너를 때려죽일 것이지만, 사건이 워낙 중대하니 며칠 동안 너를 살려 둔다. 너는 자초지종을 하나도 빠트리지 말고 낱낱이 고해라."

그 말을 들은 배 좌수가 자기에게 돌아오는 죄는 생각하지 않고 자식을 억울하게 죽인 일을 뉘우쳐 눈물을 흘리면서 사실 그대로 아뢰었다.

"저의 무지한 죄상은 관장님 처분에 달려 있습니다. 황공하오나 진상을 자세히 아뢰겠나이다. 저의 전처 장씨는 현숙하기 이를 데 없었으나 불행하게도 일찍 죽어 저희 부녀는 서로 의지하며 지내 왔사옵니다. 하지만 대를 이을 아들이 없어 후처를 얻었는데, 비록 어질지는 못하나 연달아 아들 셋을 낳아 매우 기뻐했사옵니다.

하루는 제가 밖에 나갔다 집에 들어가니 이 흉악한 여자가 발끈 성

• **천고**(千古) 아주 오랜 세월 동안.
• **관장**(官長) 시골 백성이 고을의 수령을 높여 부르던 말.

을 내고 얼굴을 붉히며 '당신은 늘 장화를 세상에 둘도 없는 귀한 딸로 여겼습니다. 그간 행실이 부정해 외간 남자와 정을 통하는 기미가 있었지만, 내가 늘 숨겨 주고 조심하라고 했는데 지금 수상한 행동이 있어 자세히 살펴보니 낙태를 했답니다. 어서 들어가 보시오.' 하며 이불을 들쳐 그것을 저에게 보여 주었습니다. 어두운 눈으로 보니 과연 낙태한 것이 분명한지라 미련한 소견에 흉계인 것을 미처 깨닫지 못했나이다. 게다가 전처의 간절한 유언을 잊어버리고 꾐에 빠져 자식을 분명히 죽였으니 제 죄가 만 번 죽어도 아깝지 않사옵니다."

배 좌수는 말을 마치고 큰 소리로 통곡하는 것이었다. 부사가 배 좌수의 울음을 그치도록 하고 허씨를 형틀에 묶어 그간의 일을 자세히 아뢰라고 호통치니 허씨는 겁을 내며 입을 열었다.

"저는 대대로 이름난 집안의 자손이었으나 집안이 점점 기울어 끼니도 제대로 잇지 못하던 차에 배 좌수와 혼인해 후처로 들어갔나이다. 전실이 낳은 딸 자매가 매우 아름답기로 친자식같이 길렀나이다. 하지만 점점 자라 나이 스물이 되니 행실이 점점 엉큼해져 제 말은 백 마디의 한 마디도 듣지 않았습니다. 그리고 말할 수 없이 무례한 일을 많이 저질렀으며, 저를 원망하고 비방했사옵니다. 그래서 때때로 둘을 타일러서 아무쪼록 사람이 되게 하고자 노력했나이다.

하루는 저희들 둘이 비밀스럽게 말하는 것을 우연히 엿듣게 되었사온데, 그 말이 극히 흉측하고 도리에 어긋나 무척 놀랍고 분했사옵니다. 하지만 가장에게 말하면 제가 거짓말을 하는 줄 알고 듣지 않을까 하여 가장을 속이고 장화를 죽일 생각으로 쥐를 잡아 피를 묻혀 장화가 자는 이불 속에 넣고 낙태한 것처럼 꾸몄나이다.

　그리고 제 자식 장쇠를 시켜 장화를 외가에 데리고 가는 것처럼 속인 다음 도중에 못에 빠트려 죽게 했습니다. 그런데 그 아우 홍련이 어떻게 그 일을 알고 화를 당할까 두려워 밤중에 도망쳤사옵니다. 제 죄는 법대로 처리하시더라도 제 아들 장쇠는 이 일 때문에 이미 팔다리를 잃었사오니 죄를 용서해 주시옵소서.”

　그러자 같이 잡혀 온 삼 형제도 부사에게 애걸하며 사정을 했다.

　“저희들은 달리 드릴 말씀은 없사오나, 부모님 대신에 저희를 죽여 주시기를 바라옵나이다.”

　부사가 조사를 마치고 배 좌수 부부와 장쇠에게 큰칼을 씌워 옥에 가두고 그 사실을 자세히 적어 평안 감사에게 보고했다. 그것을 본 평안 감사는 크게 놀라 이렇게 명을 내렸다.

　“흉악한 허씨는 능지처참하고, 그 아들 장쇠는 목을 매어 죽이며, 배무용은 딸들의 소원에 따라 풀어 주어라. 그리고 장화 홍련 자매의 시체는 건져 내어 양지바른 곳에 묻고 비석을 세워 억울한 사정을 사람들에게 널리 알려라.”

　부사는 평안 감사의 명령을 받자마자 흉녀 허씨를 능지처참한 뒤 여러 고을에 시체를 돌려 징계의 본보기로 삼고, 장쇠는 목매달아 죽이

---

* **큰칼** 무거운 죄를 지은 죄인의 목에 씌우던 형구.
* **능지처참**(陵遲處斬) 조선 시대에 나라와 사회의 질서를 어지럽힌 큰 죄를 지은 죄인을 처벌하던 극형으로, 죄인을 죽인 뒤 시신을 토막 내어 각지에 돌려 보이는 형벌이다.

고, 배 좌수는 동헌의 뜰에 꿇어앉히고 꾸짖었다.

"네 아무리 무식하나 어찌 흉녀의 간계를 모르고 사랑하던 자식을 죽였느냐? 마땅히 가장으로서 처사를 잘못한 죄를 면치 못할 것으로 되, 너를 죽이면 네 딸의 혼백이 기뻐하지 않겠기에 특별히 용서하니, 잘못을 뉘우쳐 다음부터는 그런 일을 절대로 행하지 말라!"

배 좌수는 죽을 목숨이 살아나 몸 둘 바를 모르고 거듭 부사에게 절하고 물러갔다.

부사가 즉시 관속들을 거느리고 장화 홍련 자매가 죽은 못에 가서 물을 퍼내자 두 자매의 시체가 나왔는데, 마치 잠을 자고 있는 듯했다. 게다가 죽은 지 오래되었는데도 얼굴이 조금도 상하거나 변하지 않고 살아 있는 사람 같았다. 부사는 관을 갖추어 잘 묻어 준 뒤에 비석을 세워 그 일을 적어 두었다. 그리고 글을 지어 제사를 지내 장화 홍련 자매의 원통한 넋을 위로하고 돌아왔다.

하루는 부사가 기운이 없고 나른해 자리에 누웠는데, 문득 장화 홍련 자매가 옷을 깔끔하게 갖춰 입고 들어와 절을 하는 것이었다.

"현명하신 원님의 은덕으로 소녀들은 원수를 갚았습니다. 또한 시체를 거두어 주시고 아비의 죄를 용서해 주시니, 그 은혜는 태산보다 높고 하해보다 깊습니다. 비록 저희가 죽은 혼령이오나 풀을 엮어 은

● 비록 ~ 했사옵니다 중국 춘추 시대에 진나라의 위과(魏顆)가 아버지가 죽자 아버지의 첩을 개가시켰는데, 그 첩의 친정아버지가 꿈에 나타나 은혜를 갚겠다고 했다. 과연 위과가 전쟁에 나가 위험에 처하자 풀포기를 묶어서 적이 걸려 넘어지게 해 목숨을 구할 수 있었다는 '결초보은(結草報恩)'의 고사를 말한다.

혜를 갚기로 했사옵니다. 곧 벼슬이 높아질 것이오니 이는 소녀들의 정성인 줄 아옵소서."

부사가 깜짝 놀라 일어나 보니 한바탕 꿈이었다. 꿈이 신기해 그것을 적었다가 나중에 실상을 알아보려 했는데, 과연 그달부터 벼슬이 차차 올라 통제사까지 지냈으니 장화 홍련 자매가 도와준 덕분이었다.

● **통제사**(統制使) 삼도수군통제사(三道水軍統制使)의 준말로 경상, 전라, 충청 세 도의 수군을 통솔한 무관.

다시 태어난
장화와 홍련

배 좌수는 나라의 처분으로 목숨을 구하고 흉악한 허씨를 죽여 두 딸
의 원혼을 위로했으나, 마음이 편해지지 않고 딸들이 억울하게 죽은
것만 생각나 늘 슬픔에 젖어 있었다. 두 딸의 모습이 보이고 목소리가
들리는 듯해서 거의 미칠 지경이었다. 그래서 두 딸이 이 세상에 되살
아나서 부녀간의 정을 잇기를 날마다 하늘에 빌었다.

그런데 집안에 여자가 없으니 다른 것은 고사하고 아침저녁으로 끼
니를 챙겨 먹는 것도 어려웠다. 게다가 이래저래 일이 많아 아내를 맞
이하지 않을 수 없었다. 이번에는 신중하게 사방으로 좋은 여자를 구
하다가 마침 같은 고을 양반 윤광호의 딸을 얻으니, 나이는 열여덟이
고 용모와 재주가 뛰어나며 무엇보다도 덕이 있었다. 배 좌수도 크게
만족해 부부의 금실이 더할 수 없이 좋았다.

하루는 배 좌수가 사랑채에서 잠을 이루지 못하고 몸을 이리저리 뒤척이고 있는데, 장화 홍련 자매가 옷을 잘 갖추어 입고 방에 들어와 절을 하며 아뢰는 것이었다.

"소녀들이 팔자가 기구해 어머니를 일찍 여의고 전생에 지은 죄로 흉악한 계모를 만나 억울한 누명을 쓰고 아버지 곁을 떠나게 되었습니다. 그 억울하고 분한 마음을 이기지 못해 한스러운 사연을 옥황상제께 알렸나이다. 옥황상제께서 저희를 측은히 여겨 '너희 처지가 불쌍하나 그것 또한 너희 팔자니 누구를 원망하겠느냐? 그러나 너의 아비와 인간의 인연이 아직 남았기에 너희를 세상에 내보내 부녀의 인연을 다시 맺게 할 테니 그동안 쌓인 억울함을 풀라.' 하셨는데, 그 뜻을 모르겠사옵니다."

장화 홍련 자매가 눈물을 흘려 옷깃을 적시거늘 배 좌수가 반가운 마음에 달려들어 붙잡을 즈음에 닭이 우는 소리가 들려 잠을 깼다. 배 좌수는 혼이 나간 것처럼 몸과 마음을 진정시키지 못했다. 한참을 얼떨떨하게 있다가 안방으로 들어가니 윤씨 부인 또한 잠을 자지 않고 무엇에 홀린 듯이 꽃송이를 쥐고 있었다. 배 좌수가 사연을 물으니 꿈 이야기를 하는 것 아닌가.

"방금 잠이 들었는데 선녀가 구름 속에서 내려와 연꽃 두 송이를 주며 '이 꽃은 장화와 홍련입니다. 억울하게 죽은 이들을 옥황상제께서 불쌍히 여기시고 부인에게 점지하신 것이니 귀하게 길러 영화를 많이 누리소서.' 하고 간데없이 사라졌습니다. 그런데 일어나 보니 이 꽃이 제 손에 여전히 쥐어져 있고 향기가 집 안에 가득하니 참 이상한 일입니다. 장화와 홍련이 어떤 사람인지 혹시 아십니까?"

그 말을 들은 배 좌수가 깜짝 놀라 꽃을 보니 그 꽃이 마치 사람처럼 자신을 반기는 듯했다. 배 좌수는 딸들을 다시 만난 듯 매우 기뻐 두 눈에서 눈물이 흐르는 것도 깨닫지 못했다. 배 좌수는 비로소 윤씨에게 그동안 있었던 일을 낱낱이 얘기해 주고는 당부를 잊지 않았다.

"그 꿈은 두 딸이 반드시 당신 몸에서 다시 태어날 징조요."

배 좌수와 윤씨는 기쁨에 겨워 웃으며 그 꽃을 옥병에 꽂아 장 속에 넣어 두고 자주 쳐다보니 슬픈 마음이 차차 사그라졌다.

과연 그 뒤부터 윤씨에게 태기가 있어 배가 불러왔다. 배가 부른 것이 여느 사람과 달리 크더니 열 달이 차서 쌍둥이를 낳았다. 아이들을 보니 용모와 기질이 옥을 아로새긴 듯하고 꽃으로 모은 듯하며 곱고 뛰어난 것이 세상에 비할데가 없었다. 배 좌수 부부는 예전에 꾸었던 꿈이 생각나장 속에 넣어 둔 꽃을 찾았으나 신기하게도 그 꽃은 온데간데없었다. 마음

속으로 그 연꽃이 변해 두 딸이 되었을 것이라고 생각하며 오히려 기뻐했다.

"너희들이 원통한 넋이 된 것을 하늘이 가련히 여기고 다시 세상에 내려 보내 부녀의 인연을 맺게 한 것이로다."

배 좌수 부부는 기뻐하며 쌍둥이의 이름을 다시 장화와 홍련으로 지었다. 그리고 장화와 홍련을 손안의 보물같이 고이고이 길렀는데 사오 년이 지나니 두 딸의 용모가 남다르고 재주가 뛰어났다. 점점 자라 열대여섯 살이 되니 재주와 덕은 물론이고 성질이 유순하고 맑아서 군자의 배필 되기가 부끄럽지 않았다.

두 딸을 지극히 아꼈던 배 좌수 부부는 매파를 놓아 적당한 신랑감을 여기저기서 구했지만 마땅한 사람이 없어 깊이 근심했다. 그러나 다시 생각해 보니 철산은 변방이라 땅이 좁아 장화 홍련 자매에게 어울리는 신랑감을 구하기 어려울 것 같았다.

'평양은 큰 도회지니 분명 인재가 많을 것이다. 차라리 그곳으로 이사해 좋은 신랑감을 구하리라.'

배 좌수는 곧장 평양으로 이사를 했다.

◦ **매파(媒婆)** 혼인을 중매하는 할멈.

장화와 홍련, 배필을 맞다

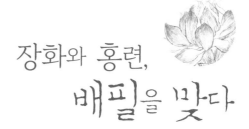

그때 평양에 이연호라는 양반이 있었다. 재산이 넉넉하고 덕망이 높았으나 자식이 없어 밤낮으로 근심하더니 늦게야 하늘의 도움으로 쌍둥이 사내아이를 낳았다. 이연호는 두 아들의 이름을 '윤필'과 '윤식'이라고 지었는데, 총명하고 잘생긴 것이 평양에서 따를 자가 없었다.

세월을 지나 마침 방년 스물이라. 문장이 탁월해 여기저기서 사위를 삼으려고 매파를 보내니 청혼하는 사람들이 많았지만, 이연호 부부는 늘 적당한 신붓감이 없어 근심했다. 그러던 차에 배 좌수의 두 딸이 재주와 덕망이 뛰어나다는 말을 듣고 매파를 놓아 혼인을 청했다. 두 집안은 즉시 혼인을 약속하고 구월 보름을 길일로 잡아 혼례를 올리기로 했다.

그 무렵 나라에서 태평하고 경사스러운 일이 많아 특별히 과거를 실시했는데, 윤필 형제가 나가 동시에 장원 급제를 했다. 임금이 윤필 형제를 친히 불러 만나 보고 기특하게 여겨 즉시 한림학사에 제수했다. 윤필 형제가 임금에게 사은숙배하고 말미를 얻어 집으로 돌아오는데, 이를 보고 칭찬하지 않는 사람이 없었다. 윤필 형제가 집에 도착하자 이연호는 잔치를 크게 열고 친척과 친구들을 불러 즐겼다. 그 고을 사또와 근처 고을의 사또들이 잔치에 쓸 물건을 보내고, 평양 감사와 서윤까지 모두 참여해 과거 급제한 윤필 형제를 불러 축하하니 향촌의 사람으로 이렇게 성대하게 잔치를 벌이는 것은 처음 있는 일이었다.

이럭저럭 시간이 흘러 혼인날이 다가오자 다시 큰 잔치가 열렸는데, 예복을 차려입은 윤필 형제는 은으로 된 안장을 얹은 좋은 말을 타고 갖은 풍악을 울리며 신부 집에 이르렀다. 혼례를 올린 뒤 윤필 형제가 신부를 맞이해 돌아오니 구경 나온 사람들이 쌍둥이 형제가 같이 장원 급제하고 쌍둥이 신부를 맞이한 것은 지금까지 없던 일이라고 부러워했다.

두 신부가 시집으로 가서 폐백을 올리고 시부모님께 인사를 올리는 모습은 한 쌍의 아름다운 구슬이요, 두 개의 보물이나 다름없었으니 시부모의 기쁨은 이루 다 말할 수 없었다. 그날부터 두 신부가 시집에 머물며 시부모님을 정성으로 받들어 모시고 부부간에 즐겁게 지내며 형제간에 우애 있게 지내니 집안에 늘 봄바람이 일었다.

그 뒤에 장화는 이남 일녀를 낳았으니 장남 홍석은 문관으로 재상에 이르고, 차남 정석은 무관으로 대장이 되었다. 한편, 홍련도 아들 둘을 낳아 장남 의석은 무관으로 훈련대장을 지내고, 차남 인석은 학

문과 덕행이 뛰어나 한림학사가 되니, 그들을 칭송하지 않는 사람이 없었다.

한편, 배 좌수의 후처 윤씨 또한 아들 삼 형제를 낳아 모두 벼슬길에 올랐는데, 명망이 높았다. 배 좌수의 나이 아흔이 되자 나라에서 특별히 세 중신의 아비로 지위를 높여 주었으며 작위가 이품에 이르러 남은 생애를 마쳤다. 윤씨가 배 좌수의 뒤를 이어 세상을 떠나자, 장화 홍련 자매의 슬픔은 이루 말할 수 없었다. 윤필 형제의 부모 또한 세상을 떠나자 윤필 형제와 장화 자매가 지극한 정성으로 장례를 치르니 효자, 효부라는 칭송이 자자했다.

장화 자매는 일흔세 살에 같이 세상을 떠나고, 윤필 형제는 일흔다섯 살에 같이 세상을 떠나 모두 조상의 무덤이 있는 선산에 묻혔다. 그 자녀들도 모두 아들딸 많이 낳고 자자손손 번창해 복을 누렸다.

오호라, 저 흉악한 허씨의 교활하고 악한 행실은 천지간에 용납되지 못할 것이다. 그런 까닭에 허씨와 장쇠 모자가 다 죽음을 면치 못했으니, 이는 떳떳한 하늘의 이치라. 악한 일을 행하는 자는 하늘이 악한 일로 갚고, 선한 일을 행하는 자는 하늘이 선한 일로 갚으니 어

• **방년(芳年)** 스무 살 전후의 한창 젊은 꽃다운 나이.
• **길일(吉日)** 운이 좋거나 상서로운 날.
• **한림학사(翰林學士)** 조선 시대에 임금의 말이나 글을 짓는 일을 맡아보던 벼슬.
• **서윤(庶尹)** 조선 시대에 한성부와 평양부에서 판윤과 좌우윤을 보좌하는 일을 맡아보던 벼슬.
• **폐백(幣帛)** 신부가 처음으로 시부모를 뵐 때 큰절을 하고 올리는 물건으로, 주로 대추나 포 따위를 올린다.

찌 삼가지 않겠는가.

　슬프다. 후처로 들어간 자가 전처 자식을
학대하는 것은 하늘의 이치를 어기고 부모
와 자식의 윤리를 끊는 것이다. 학대하는 것
만으로도 하늘이 미워해 복을 받을 수 없
거늘 하물며 전처 자식을 죽인 자는

말해 무엇하리오. 계모가 된 자는 이
이야기를 거울삼아 삼가고 조심해
제 자식보다 전처 자식을 더 사랑
하고 더 귀하게 여겨 복이 달아나
지 않게 해야 할 것이다.

《장화홍련전》은 실재 있었던 일!

고전 소설의 대부분이 허구의 이야기이지만 《장화홍련전》은 실재 사건을 배경으로 해이야기가 보태어진 팩션(faction)으로 알려져 있습니다. 그렇다면 실제로 장화와홍련이라는 인물이 살았을까요? 호랑이에게 물린 장쇠는 어떻게 목숨을 부지할 수있었을까요? 철산 부사 앞에 정말로 귀신이 나타났을까요? 이야기의 어디까지가허구이고 어디까지가 사실인지를 살펴볼 수 있는 기록이 있습니다.

실존한 철산 부사, 전동흘

효종(재위 1649~1659) 때 평안도 철산현은 가뭄이 극심하고 백성들이 떠나 폐읍이 되다시피 했습니다. 이 모두가 장화 홍련의 억울한 영혼 때문이라는 소문이 있었지요. 조정에서는 호남 출신의 무장, 전동흘(全東屹, 1610~1705)을 철산 부사로 파견했습니다.

전동흘은 병자호란 때 의병을 일으켜 남한산성까지 인조를 모시고 내려갔던 인물입니다. 1651년(효종 2)에는 무과에 급제했으며, 북벌 정책을 추진하던 송시열에게 발탁되어 선전관을 지냈습니다. 1656년(효종 7)에는 흥덕 현감에 제수되어 수군을 조련했는데 폭풍우로 배가 침몰하자 직접 물속으로 뛰어들어 군사들을 구해 낸 공으로 당상관까지 올랐다고 합니다. 이후 철산 부사로 내려갔으니 전동흘이 철산 살인 사건을 해결한 것은 1656~1657년 무렵이었을 겁니다. 소설 속 전동호가 바로 실존 인물 전동흘인 것입니다.

기록에 남겨진 장화 홍련 이야기

박인수(朴人壽)는 이 이야기를 전동흘의 문집인《가재공실록(嘉齋公實錄)》에 한문 소설로 자세히 기록합니다. 당시 민간에 널리 퍼진 '장화 홍련' 이야기를 받아들여 허구의 내용이 상당수 포함되었을 테지만 어느 정도는 사실에 바탕을 둔 것이지요.《가재공실록》에 실린 한문본 장화 홍련 이야기는 이렇습니다.

순치(順治) 연간(1644~1661) 평안도 철산에 배시경(裵時慶)이라는 양반이 살았다. 그는 좌수 직책을 맡고 있었으며 장화와 홍련이라는 두 딸을 두었다. 장화가 여섯 살 되던 해 부인이 죽고 후처를 들여 그 사이에서 필동(弼童)과 응동(應童)이라는 두 아들을 얻었다. 장화가 스무 살 되던 1651년, 양반 가문의 배필을 맞아 정혼을 하고 후처에게 혼수를 잘 준비하도록 시켰지만 후처는 성품이 탐욕스럽고 전처 자식이 탐탁지 않아 늘 죽여 없애려는 생각을 하고 있었다. 장화가 살해당하고 그것을 알게 된 홍련이 뒤따라 죽으면서 "만일 내가 죽은 후 3월에 가뭄이 있으면 원혼 때문임을 알라."라는 유언을 남기고 스스로 못에 몸을 던진다. 과연 홍련의 저주처럼 3월부터 가뭄이 들어 민심이 흉흉해진다. 원혼이 된 자매는 자신들의 억울함을 해결하고자 관가를 찾았지만 자매의 원혼을 보고 수령들이 놀라 죽거나 도망가기 일쑤여서 몇 해 동안 폐읍이 되다시피 했다. 평안 감사는 이 사실을 왕에게 보고하고 조정에서는 재주와 도량이 뛰어나다는 전동흘을 철산 부사로 내려보낸다.

《콩쥐팥쥐전》

《콩쥐팥쥐전》은 《장화홍련전》과 함께 대표적인 계모형 가정 소설 작품입니다. 그런데 이야기의 앞부분은 서양의 동화 《신데렐라》와 많이 닮아 있습니다. 계모의 박해와 의붓동생의 구박, 해결 불가능한 과제와 선녀의 도움, 잃어버린 신 한 짝, 귀인의 만남 등 한국 고전 소설의 일반적인 문법과는 많이 다르지요. 특히 신발로 짝을 찾는 이야기는 우리 고전 소설 어디에도 없는 독특한 것입니다. 신데렐라 이야기가 세계적으로 널리 분포되어 있었기 때문에 이런 내용의 민담은 있었지만 소설로는 찾아볼 수 없었습니다. 그런데 당시 고소설 저작자로 이름을 날리던 박건회(朴健會)가 떠돌던 민담을 모아 《콩쥐팥쥐전》을 '신작 고소설'로 선보였지요.

조선 후기 고전 소설 대부분은 필사본(손으로 내용을 베낀 것)으로 남아 있고, 그중 인기 있는 작품은 방각본(목판에 새겨 인쇄한 것)으로 유통되었지만 《콩쥐팥쥐전》은 이런 판본이 없을 정도로 크게 알려지지 못했습니다. 근대 문학기인 1919년, 대창서원에서 활자본 소설로 출간된 《콩쥐팟쥐전》이 유일했고 그 뒤 1928년에 태화서관에서 다시 출판된 것이 전부였지요. 이런 《콩쥐팥쥐전》이 어떻게 인기 있는 작품으로 탈바꿈했을까요? 바로 1922년에 출간된 소파 방정환(小波 方定煥, 1899~1931)의 번역 동화집 《사랑의 선물》 때문이었답니다. 이 최초의 동화집은 베스트셀러로 널리 읽혔는데 그 안에 '신데렐라 이야기'인 페로의 동화 〈샹드롱의 구두〉가 실려 있었습니다. 자연히 많은 사람이 신데렐라 이야기를 접했고 내용이 비슷한 《콩쥐팥쥐전》까지 유명해진 것이지요.

하지만 《콩쥐팥쥐전》의 뒷부분에 전개되는 일련의 사건은 신데렐라 이야기와 무관합니다. 억울하게 살해당한 콩쥐가 연꽃과 구슬로 변신하여 팥쥐에 맞서 철저한 징계와 복수를 하는 적극적인 모습은 단순히 신분 상승을 다룬 신데렐라 이야기와는 완전히 다르지요. 《콩쥐팥쥐전》은 신데렐라 이야기와 경쟁하며 새롭게 만들어진 한국판 버전인 셈입니다.

계모 배씨와 팥쥐가 들어오다

조선 시대 중엽 전라도 전주 서문 밖 삼십 리 되는 곳에 최만춘이라는 퇴리가 있었다. 그는 아내 조씨와 이십여 년을 함께 살았으나 슬하에 자식이 없어 내외 서로 근심이 그치지 않았다. 유명한 산이나 절에 가서 수없이 기도 불공을 드리고, 사람을 돕거나 덕을 쌓는 일도 부지런히 하며, 다른 한편으로는 약으로 기혈을 보충하기도 했다. 그러기를 수년간 했더니 어찌어찌해 신명이 감응하고 정성이 지극했던지 부부가 태몽을 꾼 후에 태기가 있었다.

그 후 열 달이 지나 하루는 조씨의 심기가 불편했다. 자리에 기대고 앉았더니 갑자기 진귀한 향기가 방에 가득 차며 예쁜 딸아이를 낳았다. 최만춘은 이루 말로 다 할 수 없을 정도로 기뻤으나 다만 여자아이가 태어난 것을 섭섭히 여기며 부부가 서로 위로했다.

딸의 이름을 '콩쥐'라 짓고 손에 든 보물같이 사랑하며 남의 귀공자를 부러워하지 않고, 불면 날아갈까 쥐면 꺼질까 어서 크기만을 밤낮으로 바랐다. 하지만 어쩌랴, 하늘이 정한 수명이 그 정도인지 조물주가 시기했는지 콩쥐가 태어난 지 겨우 백일 만에 그 어미가 세상을 영영 하직하고 말았다.

최만춘은 뜻하지 않게 중년 홀아비가 되어 몸이 허전할 때마다 죽은 아내를 생각하며 눈물을 흘렸다. 콩쥐를 안고 다니며 동네 사람에게 젖

* **퇴리**(退吏) 벼슬에서 물러난 관리.

을 얻어먹여 한 살 두 살 키웠으니 그 고생이 어떠하리오. 철모르는 콩쥐의 젖 찾는 소리는 어찌나 처량한지 죽은 어미의 영혼이 있었으면 눈물이 비가 되어 뿌렸으리라.

어느 적막하고 깊은 밤, 콩쥐가 빈방에서 두 팔을 허우적거리고 엄마를 부르니 그 울음소리를 듣는 최만춘의 마음은 봄눈이 아니라도 슬슬 녹아 눈물이 되는지라. 그런 고생도 한 해가 지나고 두 해가 지나니 쉬지 않고 흐르는 세월에 묻혀 어느덧 지나갔다. 어언간 콩쥐가 열 살쯤 되니 지난 고생은 오히려 호강으로 변해 딸의 손으로 지은 밥도 먹고 딸의 손으로 지은 옷도 입게 되었다.

원래 콩쥐는 성품이 지극하고 능력이 비범해 어려서 배운 것은 없을지라도 자신을 돌보지 않고 부친 봉양하는 데 정성을 다했다. 동네 사람들 모두 콩쥐를 칭찬했고 그 아버지도 딸을 사랑해 마지않았다. 하지만 콩쥐가 차차 나이 들어 시집갈 때가 가까워 오는데도 집안 살림이 말 못하게 어려운 형편이라 은근히 근심하며 지냈다.

콩쥐가 열네 살이 되던 해에 최만춘이 배씨라 하는 과부를 얻어 새장가를 들었다. 배씨는 인물도 과히 추하지 않고 집안일도 깔끔하게 할 듯해 최만춘은 속으로 은근히 기뻐했다.

'저러한 사람이 들어오는 것은 우리 집안의 행운이다. 콩쥐도 이제부터는 얼마만큼 의지하며 집안일을 배우기도 하리라.'

최만춘은 배씨를 매우 사랑했고, 집안 대소사를 모두 맡겨 살림을 주도하게 하고 집안일이 어찌 되는지를 전혀 몰랐다. 이때부터 콩쥐의 신세는 딱해져 말 못할 고생이 새로 생겨나고, 설움으로 보내지 않는 날이 없을 지경에 이르렀다.

　원래 배씨는 처녀로 시집갔다가 '팥쥐'라 하는 딸 하나를 낳은 후에 남편을 여의고 과부 신세가 되었다. 참담해 있던 중 좋은 중매를 만나 최씨의 집에 들어오게 되었으나 천성이 요사하고 간악했다. 데려온 딸 팥쥐 역시 마음이 악하며 얼굴 또한 온순하고 넉넉지 못했다. 악하기로 말하면 그 어미보다 한층 더해 무단한 모함으로 고자질하기 일쑤이며, 콩쥐가 못되는 것을 제가 잘되는 것보다 더 상쾌하게 생각했다. 그래서 그 모녀의 소곤소곤함이 그치면 콩쥐의 몸에는 참혹한 일이 자주 벌어졌다. 하지만 콩쥐의 아버지는 한 번 배씨를 눈에 들어 한 이후로 더욱 깊이 빠져 배씨의 말이라면 팥으로 메주를 쑨 대도 곧이들으며 허물없는 콩쥐를 오히려 구박하기에 이르렀다.

돌밭에 김매기, 밑 빠진 독에 물 붓기

하루는 배씨가 두 딸을 불러 세우고 말했다.

　"시골 사는 계집애가 농사일을 몰라서는 목구멍에 밥알이 어찌 들어가겠느냐? 콩쥐야, 너는 오늘부터 들판에 있는 밭으로 김매러 다녀라. 팥쥐는 너보다 한 살이나 덜 먹고 아직 어리니 김을 어찌 매겠느냐마는 그렇다고 집에 있으면 제 자식만 사랑한다 할 것이니 너도 오늘부터 김을 매러 다녀라."

　그러고는 팥쥐에게 쇠 호미를 주어 집 근처 모래밭을 매게 하고, 콩쥐에게는 나무 호미를 주어 산비탈 돌밭을 매게 했다. 점심도 제대로 얻어 먹지 못해 힘이 없는 데다 나무 호미로 딱딱한 돌밭을 매니 오죽할까. 콩쥐가 한 이랑도 채 매지 못해 그만 호미의 목이 똑 부러져 버렸다. 못된 계모의 손에 늘 기를 펴지 못하는 콩쥐는 앞이 깜깜했다.

'집에 돌아가면 호미 부러뜨린 것도 죄목이 될 것이고, 김 얼마 못 맨 것도 잘못이 되어 저녁은 별 수 없이 굶을 것이다.'

어리고 착한 마음에 이 일을 어찌하면 좋을까 생각하니 천지가 아득했다. 어찌할 줄 몰라 울기만 하는 사이에 갑자기 하늘에서 검은 소 한 마리가 내려오더니 콩쥐를 보고 말을 하는 것이 아닌가.

"무슨 일이 있어서 그렇게 우는지 알 수는 없다만, 내게 이야기를 자세히 하면 변통해 줄 도리가 있으니 숨기지 말고 낱낱이 말해라."

콩쥐는 놀랍기도 하고 신기하기도 해 전후 사정을 자세히 전하니 검은 소가 또 말했다.

"그러면 너는 이 길로 아래 개울에 가서 발 씻고, 중간 개울에 가서 손 씻고, 윗 개울에 가서 얼굴 씻고 오너라."

콩쥐는 하찮은 동물이라고 업신여기지 않고 그 말을 따라 발과 손과 얼굴을 씻고 왔다. 그러자 검은 소가,

"너의 행실에 하느님도 감응하신다."

하며 좋은 호미와 온갖 과실을 치마 앞에 싸 주고 간 데없이 사라졌다.

이를 받고 나니

콩쥐는 마음이 크게 기뻐 힘이 솟았다. 하지만 고픈 배를 참으며 과실 하나도 입에 넣지 않았다.

'부지런히 김을 다 맨 후 얼른 집에 돌아가서 아버님께 이 신기한 것을 구경시켜 드리고 어머님께도 하늘에서 검은 소가 내려와 도와주었다는 일을 이야기하며 팥쥐와 같이 나눠 먹어야지.'

하는 생각에서였다.

순식간에 몇 두락 밭을 매어 놓고 집으로 돌아오니, 벌써 문을 첩첩이 닫아걸어 들어갈 수가 없었다. 안에서는 계모 배씨가 저녁밥을 지어 놓고 팥쥐를 데리고 앉아 오목오목 맛있게 먹고 있었다.

콩쥐가 문 앞에 서서 팥쥐를 불렀다.

"팥쥐야, 문 좀 열어 다오! 팥쥐야, 문 좀 열어 다오! 과실 줄게, 문 좀 열어 다오!"

이렇게 두 번, 세 번 애걸하니 팥쥐가 말했다.

"조것이 거짓말이지. 제가 과실이 날 데가 어디 있을까? 조것이 김도 다 매지 못하고 일찍 돌아와 할 말이 없으니 저런 거짓말을 하지."

그러고는 태연하게 문도 열어 주지 않으며 콩쥐를 떠보았다.

"과실부터 봐야 문을 열어 주지."

마음씨 좋은 콩쥐는 이를 듣고서 밤, 대추, 귤, 은행, 호두, 용안, 여지

● **용안(龍眼)** 무환자과의 상록 교목에 열리는 인도 원산의 둥근 과실. 겉에 털이 있으며 씨에 붙은 과육을 먹는다. 용의 눈처럼 생겨서 용안이라 불린다.

● **여지(荔枝)** 무환자과의 상록 교목에 열리는 중국 남부 원산의 둥근 열매로 겉에 돌기가 있음. 양귀비가 즐겨 먹었다고 한다.

등 온갖 과실을 하나씩 둘씩 차례차례 문틈으로 들이밀어 보였다. 팥쥐는 벌써 제 행주치마를 걷어 가지고 코웃음을 치며 콩쥐가 드미는 대로 깡그리 받고아 대문을 열어 주었다. 콩쥐는 과실 덕에 집 안으로 들어가기는 했으나 그 좋은 과실을 한 개도 먹어 보지 못하고 얼떨결에 팥쥐에게 송두리째 빼앗겼다. 과실을 온통 빼앗기고 먹어 보지만 못했으면 차라리 괜찮으나 통째로 빼앗긴 그 과실이 다시 콩쥐의 신상에 큰 액운으로 변해 덮쳤으니 그 아니 원통하랴.

요사스럽고 악한 팥쥐는 과실을 빼앗았으나 저는 한 개도 아니 먹고 먼저 제 어미 앞에 펼쳐 놓으며 얼굴을 찡긋찡긋했다. 그러자 배씨의 얼굴이 파랗다 못해 노래지며 벽력같은 소리를 질러 대는 것이었다.

"콩쥐야! 이년, 이리 오너라. 너 이년, 어른이 시켜서 김인지 무언지 매러 갔으면 일찍이 돌아와 밥도 먹고 다른 일도 해야지. 이때까지 한 것이 무엇이며 또 과실은 어디서 났단 말이냐? 밭 두락에서 종일 해를 보냈을 리도 없고, 이렇게 귀한 과실이 촌구석 어디서 났단 말이냐? 이것은 분명 불공에 쓸 과실 같은데, 저년이 정녕 재를 지내기 위해 장에서 흥정해 가는 아무 절 중놈에게 얻은 것이지. 그렇지 않으면 네 이것이 어디서 났단 말이냐? 계집애 년이 생긴 대로 아니 놀고, 나이 열댓 살이 가까워 오니까 벌써부터 김매는 건 젖혀 두고 지나가는 행인을 홀려 먹는단 말이냐. 나만 아는 게야 관계 있느냐마는 이런 일을 만일 너의 아버지께서 알아 보아라. 큰일이 나지 않을까. 이 애, 팥쥐야, 이것을 얼른 먹어 버리고 아버지 눈에 띄게 하지 마라. 눈에 띄는 날이 언니 년이 죽는 날이다. 언니는 실컷 먹었을 것이니 고만두고 너나 얼른 먹어라."

이렇게 콩쥐를 윽박지르고는 모녀가 마주 앉아 과실이란 과실은 저희끼리 다 먹어 버리고 콩쥐에게는 과실은 고사하고 밥도 주지 않았다. 콩쥐는 다시 무어라 입을 열 수도 없고 애매한 소리를 듣는 것만 억울해 고픈 배를 참아 가며 아무 소리도 못하고 그 밤을 눈물로 지냈다.

　그로부터 콩쥐에게는 고생스러운 일만 생기더라. 하루는 배씨가 새로 명을 내렸다.

　"오늘은 부엌의 비어 있는 독에 물을 길어다 채워 놓아라."

　콩쥐는 즉시 방구리로 물을 길어서 종일토록 채웠으나, 어찌 된 독인지 길어다 붓고 또 길어다 부어도 차지 않았다. 콩쥐는 기운이 다 빠져서 진땀이 이마에 흐르고 고개가 부러지듯 아파 와 더는 한 방구리의 물도 길어다 놓을 힘이 없었다. 그렇다고 독을 채우지 못하면 불지옥 같은 고생이 닥쳐들 것이었다. 생각이 여기에 미치니 겁이 덜컥 나고 고생될 걱정이 앞서 아픔을 이기고 억지로 그 독을 채우려고 다시 방구리를 머리에 얹고 우물로 향했다. 그때 마당 앞에서 맷방석만 한 두꺼비 한 마리가 엉금엉금 기어 와서는 콩쥐를 막아서는 것이 아닌가. 그러고는 두 눈을 끔쩍끔쩍하고 입을 열어 헐떡헐떡하며 소리를 버럭 질러 말하는 것이었다.

　"이리 오너라! 콩쥐야! 네가 아무리 물을 길어다 부어도 그 독이 밑 빠진 독이라 차지 않는다. 그렇게 혼자 애쓰지 말고 내가 이르는 대로 말을 듣거라. 나는 철없이 날뛰는 소년과는 다르니 무엇이든지 일이 되도록 가

● **방구리** 물을 긷는 질그릇으로, 모양이 동이와 같으나 좀 작다.
● **맷방석** 흔히 맷돌 아래에 깔아서 갈려 나오는 곡물을 받는 데 쓰는 방석.

르쳐 주마. 그 독은 새는 독인데, 깨어져서 새는 것이 아니라 손가락만 한 틈새가 있어 그런 것이다. 그 구멍만 내 등으로 받치고 있으면 조금도 샐 염려가 없느니라. 네가 독을 조금 기울여 주면 내가 비록 늙긴 했지만 고생이 되더라도 그 속에 들어가 한참 동안 수단을 부려 보리라."

콩쥐는 크게 놀라고 기가 막혀 어찌할 줄 모르다가 백번 사양하며 듣지 않았다.

"나의 고생을 어찌 남에게 미룰 수 있겠느냐."

그러자 두꺼비가 화를 버럭 내며 말했다.

"나도 그런 생각이 없는 것은 아니다. 하지만 너같이 마음씨 착한 아이를 너의 계모가 일부러 고생을 시키려 하는 일인 줄 왜 모르느냐. 인간과 인연이 깊어 몇 백 년 목숨을 누리며 살아온 청승맞은 늙은이가 이를 돌보지 아니할 길 없어 특별히 온 것이다. 어찌 거절해 늙은이의 깊은 뜻을 우습게 여기느냐!"

콩쥐가 이 말에 다시 사례한 뒤 독을 기울이니 두꺼비가 엉금엉금 기어서 그 밑으로 들어갔다. 다시 바로잡아 놓고 이윽고 물을 길어다 몇 번만 부으니 한 독이 가득 차는 것이었다. 콩쥐는 속으로 기쁨을 이기지 못했으나 겉으로는 천연덕스럽게 계모 배씨에게 물 한 독을 채웠노라고 말했다. 배씨가 겉으로는 좋아했지만 속으로는 이상한 생각이 들어 혼잣말로 중얼거렸다.

"저것이 일전에 난데없이 과실을 얻어 온 것도 이상하더니, 이번에는 밑 빠진 독에 물을 채워 놓았구나. 그냥 두었다가는 큰일을 낼 년이로다. 저년이 어떻게 된 년이기에 사람이 할 수 없는 일을 능히 하는고."

그러다 시기하는 마음이 별안간 머리 꼭대기까지 뻗쳐서,

'어떻게 해야 저년을 보지 않을까?'

하며 벼르기를 마지않았다.

외갓집 잔치에 어찌 갈까

계모 배씨가 그런 흉악한 마음으로 기회를 기다리며 이럭저럭 세월을 보내는데, 하루는 콩쥐의 본 외가인 조씨 집에 잔치가 있어 콩쥐를 불렀다. 염치도 없고 인사도 모르는 배씨는 큰마누라 본집 잔치에 무슨 체면으로 가려 하는지 콩쥐는 제쳐 놓고 자기가 먼저 좋아서 날뛰었다.

"콩쥐야! 내가 잠깐 다녀올 터이니 너는 집이나 보아라. 너도 오고 싶거

• **본 외가(本外家)** 친어머니의 친정집. 계모가 들어왔기에 친어머니의 외가를 강조해서 부르는 말.

든 베 짜던 것을 마저 짜고, 말리던 피 석 섬도 다 찧어 놓고 와라."

하며 비단 저고리를 내어 입고 싸 두었던 가죽신도 내어 신으며 한참 요 라을 떨어 모양을 내고는 팥쥐만 데리고 산짓집으로 갔다. 콩쥐는 혼자 처져서 눈물을 흘리며 겉피 석 섬을 마당에 널어놓고 얼른 베틀에 올라서 짤깍짤깍 베를 짜기 시작했으나 육십 척이나 되는 기나긴 베 한 필을 짜 낼 길이 막막했다.

게다가 피 멍석에는 난데없는 새 떼가 덤벼 기를 쓰고 쫓아도 가지를 않았다. 콩쥐는 계모 때문에 외가 잔치에 못 가 분하던 차에 새 떼조차 자신을 미워하는가 하며 저절로 눈물이 솟고 한숨이 복받쳐 베틀 위에서 그대로 울면서 한탄했다.

"새야 새야, 모두 쪼아 먹더라도 제발 헤쳐 놓지는 말거라. 그 피 석 섬을 말려 찧어 놓아야 외가에 갈 터인데 아무래도 가기는 틀렸구나. 저것이 다 마른다 해도 찧기는 어떻게 찧을꼬. 게다가 이 베인들 어찌 하루 이틀에 다 짜서 끝이 나리오."

고생살이 끝에 외갓집 잔치에 가고 싶은 마음이 굴뚝같았고, 돌아가신 어머니 생각도 간절했으나 가고 싶어도 못 가는 처지라 애가 타 또다시 울음이 나왔다. 너무 슬피 울어 정신을 못 차리고 있는데 한 번도 보지 못한 어여쁜 미인이 비단옷을 찬란하게 입고 기이한 향내를 피우며 뚜렷한 모습으로 베틀 앞에 이르러서 말을 건넸다.

"여보시오, 색시! 외갓집에 가고 싶은데 어느 세월에 그것을 마치고 가려고 하오. 내가 비록 재주는 없으나 잠깐 베틀을 빌려 주면 비록 굵고 성길지라도 당장에 짜 낼 것이니 색시는 잔치 자리에 갈 준비나 하시오."

미인이 베틀에서 내리라
고 재촉하자 콩쥐는 마지
못해 내려왔다.

"어떤 부인이신지 자세히 알
수 없지만 외갓집 잔치에 가고자 하는 마음
을 아시고 무단히 이 베를 짜 주려 하시니 말씀만 들어도 감
사함이 뼈에 사무칩니다. 바라건대 누구이신지 가르쳐 주시면 후
일에 뵈옵더라도 인사 여쭈려 하옵나이다."

그러자 그 부인은 살며시 웃으며 베틀에 오르더니 불과 얼마 동안에
콩쥐가 짜던 것을 전부 마쳐 놓고 내려왔다.

"색시, 바삐 외가에 가서 잔치에 참례하세요. 좋은 일도 있을 것이니
걱정 마세요. 힘들더라도 열심히 행하다 보면 차차 고생을 면하고 호강할
지도 모르지 않습니까?"

그러고는 비단 보자기를 풀어 놓더니 새로 지은 고운 의복 한 벌과 댕
기, 예쁜 신발까지 내어 입히는 것이었다.

"변변치는 못하나 새 의복이니 입고 가시오. 나는 하늘에서 내려온 직
녀인데 상제께서 허락하신 시간이 다해 오래 머물지 못하겠소."

말을 마친 직녀가 홀연 몸을 날려 공중으로 올라가니 점차 오색구름으

● **겉피** 껍질을 벗기지 않은 피.
● **직녀(織女)** 견우직녀 설화에 나오는 여자 주인공. 하늘의 선녀로 옷을 짜는 일을 담당했으며 소를 치는 견우
(牽牛)의 연인이다.

로 변해 형체가 없어졌다. 콩쥐는 하늘을 향해 무수히 절하고, 의복을 입어 보았는데 비단도 일품이거니와 품새도 틀림없었다. 무한히 기뻐하며 허둥지둥 외가로 가려 할 때 문득 마당에 널어놓은 겉피가 생각났다.

"저것 석 섬을 어찌해야 한단 말인고? 하늘의 도움으로 예쁜 옷까지 얻었는데 난데없는 새 떼는 어찌 원수로 덤비어 곡식을 먹느냐!"

서둘러 막대를 가지고 일어나서 쫓아 내려가니 새 떼는 훌쩍 날아가고 널어놓았던 겉피 석 섬은 찧은 쌀이 되어 그대로 있는 것이 아닌가.

'세상에 이상한 일도 많다. 새 떼가 덤비면 그 곡식은 결딴나는 줄 알았건만 이렇게 쪼아서 껍질만 벗기고 한 알도 먹지 않을 줄 어찌 알았으랴. 날았다가 다시 앉았다 하도록 전혀 몰랐구나. 이런 줄도 모르고 새에게 욕을 했으니 도리어 나의 죄가 되리라.'

이렇게 생각하니 후회도 되지만 한편 기쁘기도 했다. 겉피를 쓸어 모아 독을 채워 놓으니 터럭만 한 힘도 들이지 않고 피 석 섬을 모두 찧어 놓은 셈이 되었다. 이제는 계모 배씨가 시킨 일을 틀림없이 다 마쳐, 다시 집단속을 하고는 서둘러 건넛마을 외가 잔치를 보러 갔다.

잃어버린 꽃신 한 짝

때는 춘삼월 호시절이라. 울긋불긋 온갖 꽃이 모두 웃음을 지어 대고,

새와 짐승 들도 각각 그 즐거움을 마음대로 누릴 때였다. 콩쥐 역시 그윽한 흥취가 저절로 생겨나 날아다니는 나비도 희롱하고, 꽃도 탐하며 즐거움을 마음껏 누렸다. 이 생각 저 생각하며 재미있게 놀 양으로 시냇가에 다다르니, 물도 맑고 고기도 노는 데다 경치 또한 절경이었다. 콩쥐는 물을 쥐어서 손도 씻고 돌도 던져 고기도 놀래며 시간 가는 줄 모르고 놀았다.

그런데 갑자기 뒤쪽에서 감사의 도임 행차가 위엄 있게 다가와 좌우로 물렀거라는 소리를 치며 잡인을 치우는 것이 아닌가. 콩쥐도 크게 놀라 급하게 냇물을 건너다 꽃신 한 짝이 벗겨졌다. 꽃신이 개울 속으로 빠져 들어갔지만 무섭고 급한 마음에 미처 건지지 못하고, 아까운 생각만 품고 그대로 외가로 달음박질쳤다.

마침 도임하던 전라 감사가 그곳을 지나다가 앞을 바라보았는데 상서로운 기운이 한눈에 들어왔다. 하인을 시켜 그 기운이 어린 곳을 찾아보니 개울 속에 꽃신 한 짝이 있었다. 감사는 마음속으로 이상하게 생각하고 신발을 가져와서 도임한 후 신짝을 잃어버린 사람을 찾으려고 각처로 사람을 보냈다.

한편, 콩쥐는 외가에 가서 외삼촌과 외숙모에게 절을 하고 뵈었다. 그때까지 콩쥐가 오지 못하려니 하고 섭섭하게 생각하던 외삼촌 내외는 크게 기뻐했다. 게다가 어머니가 돌아가신 뒤에 콩쥐가 고생하며 사는 것

● **감사**(監司) 조선 시대의 외관직 문관의 종이품 벼슬로, 각 도의 지방 장관, 관찰사로 불린다.
● **도임 행차**(到任行次) 관리가 자신의 근무지로 가는 행차.

을 은근히 위로하며 좋은 음식을 차려 주니, 계모 배씨만이 혼자 얼굴색이 좋지 않았다. 심통이 난 배씨는 남들이 못 보는 틈에 콩쥐를 꼬집어 가면서 추궁했다.

"콩쥐야! 너 짜던 베는 다 짜고 왔느냐? 그리고 말리던 피는 다 찧어 놓고 왔느냐? 집은 어찌하라고 비워 놓고 왔느냐? 의복은 누구 것을 훔쳐 입었느냐? 어떤 놈이 가져다주더냐?"

콩쥐는 기가 막혔지만 할 수 없이 그 사이에 겪은 일을 일일이 고했다. 배씨는 눈알이 다시 도끼눈으로 변하고 얼굴이 청기와처럼 푸르러지니 그 흉악한 속마음은 어찌 알리오.

그때 온 집 안에 터지도록 모였던 손님들이 구석구석에서 콩쥐의 불쌍한 사정을 이야기했다.

"아이구, 색시는 어머니가 없어 그 고생이 어떠할꼬?"
하는 사람도 있고,

"색시가 저런 계모의 박해를 받으면서도 아무쪼록 말없이 음식을 차려 내고 집안 살림을 잘하는 것을 보면 효녀는 효녀다."
라는 사람도 있고,

"콩쥐가 은근히 고생을 당하는데도 그 아버지는 전혀 모르는 모양이니 어찌 됐든 그 부친이 그른 사람이라."
하는 사람도 있는가 하면,

"이번에 여기 올 때 새 떼가 겉피 석 섬을 부리로 찧어 주고, 하늘에서 직녀가 내려와 베도 짜 주고 올라갔다는데, 색시는 하늘이 도와 크게 되리라."
하는 사람도 있으며,

"저 의복도 직녀가 준 것이라는데 어찌 된 까닭에 신 한 짝이 없을까?"

하며 모인 손님들은 여기저기서 콩쥐의 얘기로 정신이 없었다.

이때 마침 관가에서 관차가 나와 동리를 다니며 외쳤다.

"이 동리에 꽃신 한 짝을 잃어버린 사람이 있거든 말하고 찾아가시오!"

관원은 콩쥐의 외삼촌 댁에도 이르러 모든 손님에게 일일이 신을 신겨 보았다. 배씨가 마음속으로,

'저 신짝은 분명히 콩쥐 년이 잃어버린 것인데, 그 의복과 신발이 직녀가 내려와서 준 것이라니 콩쥐 년에게 무슨 좋은 일이 있으려나 보다. 관가에서 저 모양으로 신을 잃어버린 사람을 찾으니 필경 상을 많이 주리라.'

생각하고 관차 앞으로 쓱 나서며 뻔뻔스럽게도 거짓말을 했다.

"여보시오! 관차님 그 신 임자는 나이온데, 신을 잃은 후로 아까운 생각에 잠도 잘 수 없사오니 이리 주시오. 어저께 새로 사서 신던 것인데 그날 잃어버렸소."

관차가 그 말을 듣고 기가 막혀,

"그러면 어느 곳에서 잃어버렸고, 어떻게 하다가 잃어버렸소? 이 신짝은 내가 얻은 것도 아니고 새로 도임하신 감사 사또께서 얻으신 것이외다. 잃어버린 사람을 찾아서 관가로 데려오라는 분부가 있으니, 만일 당신이 잃어버린 사람이거든 이 신을 신어 보시오."

하고 신짝을 내어놓는지라. 배씨가 이 말을 듣고 관차에게 버럭 화를 내

● **관차**(官差) 관아에서 파견하던 아전.

125

며 말했다.

"내 것을 잃고 내가 찾는데 신어 보기는 무얼 신어 본단 말이오. 그렇지 않으면 내 것이 아닐까 봐 그러시오. 어저께 그 신을 사서 신고 이 집 잔치에 참례하러 오다가 저 벌판에서 잃어버렸소. 여러 말 말고 이리 주시오."

배씨가 신짝을 집어 빼앗으려 하자 관차가 그 거동을 보고 어이없어 주저하다가 발을 내어놓게 해 신을 신겨 보았다. 하지만 배씨의 발은 중간도 채 들어가지 못했다. 그러자 관차는 배씨의 무엄함을 꾸짖고 다른 사람들에게도 신발을 신겨 보았지만 맞는 사람이 없었다. 관차는 할 수 없이 다른 집으로 가려 했다.

한편, 콩쥐는 천연덕스러운 태도로 아는 체하지 않고 구경만 하고 있는데 한쪽에 손님으로 왔던 노부인이 관차가 가려는 것을 보고 불러 말했다.

"그 신발 잃어버린 사람을 관가에서 왜 찾으려 하는지 모르나, 여기 콩쥐라 하는 색시가 그 신짝을 잃어버렸소. 신짝을 찾으려 하는데 부끄러워 차마 말을 하지 못하는 모양이니 찾아 주고 가시오. 그 색시가 태어나서 처음 얻은 신이랍디다."

노부인이 콩쥐를 가리키자 관차가 콩쥐를 불러 신을 신어 보게 했다. 콩쥐는 수줍은 태도로 간신히 발을 내어 얌전히 발부리를 신 안에 넣으니 쏙 들어가서 딱 맞는 것이 의심 없는 콩쥐의 신이었다. 신 임자를 찾은 관차는 콩쥐에게 예를 갖추고 잠깐 동안에 가마 한 채를 꾸며 가지고 와서 관가로 들어가

자 청했다.

콩쥐는 처녀의 몸이라 이상한 생각도 들고 무섭기도 해 외삼촌께 동행해 달라고 부탁했다. 이윽고 콩쥐를 태운 가마가 관가에 당도하자 관문 앞에 가마를 세우고 외삼촌이 먼저 들어가서 사유를 물었다. 한편, 전라 감사는 소식 듣기를 고대하고 있다가 신발 잃은 처녀가 관문 앞에 대령하고 있다는 말을 듣고 적잖이 놀라는 기색을 보였다.

전라 감사의 재취 부인이 되어

당초 전라 감사는 벼슬이 종일품이며 승지와 참판을 차례로 지낸 후 전라 감사로 지방직 벼슬을 맡게 된 양반으로 성은 김씨였다. 재산도 부유하고 일가친척도 많으나 슬하에 자식이 없는 데다가 부인까지 죽은 뒤로는 마음이 울적해 첩도 두지 않고 마음을 가다듬어 가며 세월을 보내고 있었다. 그래서 자연히 기이한 것을 찾고 탐구하기 좋아하는 버릇이 생겨 조그마한 것이라도 눈에 띄고 귀에 들리는 것이 이상하다 싶으면 반드시 알아내고야 마는 터였다.

도임하던 그날도 이상한 기운을 보고 그곳에서 새 신짝을 얻었기에 신

• **종일품**(從一品) 조선 시대의 관직인 열여덟 품계 가운데 둘째 등급.
• **승지**(承旨) 조선 시대 승정원에서 왕명의 출납을 맡아보던 정삼품의 당상관. 국왕의 비서직이다.
• **참판**(參判) 조선 시대 육조의 종이품 벼슬. 판서(判書) 다음이다.

발의 주인을 찾아보라 한 것인데, 관차가 감사의 명령만을 중히 여겨 뜻 밖에 남의 집 처녀를 데리고 왔기에 깜짝 놀랐다.

"어떠한 처녀인데 신짝에서 상서로운 기운이 생기는고?"

감사가 처녀의 외삼촌에게 물었으나 그 외삼촌이란 작자도 상서로운 기운이 난 까닭에는 답을 할 수 없어 콩쥐에게 친히 대답하게 했다. 콩쥐는 감사 앞이라 사실을 숨기지 못할 줄 알고 이제까지의 일을 자세히 아뢰었다.

처음 모친상을 당한 일부터 계모 배씨가 들어온 이후에 고생한 것과 김매기를 할 때 검은 소가 내려와서 쇠 호미와 과실을 주던 일이며, 두꺼비가 물독을 받쳐 주던 일 등을 차례차례로 이야기했다. 외가에 올 때에도 계모가 일을 많이 시켰지만 새 떼가 겉피 석 섬을 찧어 주고 직녀가 내려와 베를 짜 주고 의복과 신발도 준 이야기를 하고 나서, 차려입고 오는 길에 감사의 도임 행차 때문에 신짝을 잃어버린 사유를 하나도 빼지 않고 물 흐르듯 낱낱이 고했다.

감사는 전부 듣고는 놀랍기도 하고 한편 기쁘기도 했다. 또한 진심으로 콩쥐의 덕행을 흠모해 갑자기 좋아하는 마음이 생겼다. 우선 외삼촌에게 자신의 솔직한 심정을 말해 마음을 떠보았다.

"내가 일찍이 부인을 잃고 슬하에 자식도 없으나 첩을 두지 않은 것은 좋은 규수를 맞이해 집안을 유지하려 한 것이네. 지금 그대의 질녀를 보니 덕행이 뛰어나 군자의 짝으로 삼을 만하네. 내 후하게 예를 갖추어 그대의 질녀를 아내로 맞이하고 백년을 같이할 것이니 그대는 깊이 생각해 나의 뜻을 저버리지 않으면 좋겠네. 그대의 뜻은 어떠한가?"

그러자 콩쥐의 외삼촌이 공경하며 말했다.

"말씀은 황송하오나 콩쥐가 일찍 모친을 여의고 아무것도 배운 것이 없거늘 어찌 사또를 받들 수 있겠습니까? 먼저 말씀하시는 처지에 감히 복종치 않겠습니까마는 조카의 부친이 있사오니 일단 물러가 상의하고 다시 아뢰겠나이다. 사또께서 너그러이 굽어 살피셔서 무례함을 용서하시기 바랍니다."

콩쥐의 외삼촌은 얼떨결에 반 승락을 하고 감영에서 물러 나왔다. 콩쥐 한 몸 팔자 좋게 되는 것은 좋지만 부친이 있는 처지에 자기가 단언할 수 없어서 곧바로 부친 최만춘과 의논했다. 최만춘으로서는 지체 높은 감사와의 혼담을 거절할 리 만무해 곧 혼인을 승낙했다. 그러고는 드디어 날을 잡아 감사의 재취로 온갖 예를 갖추어 콩쥐를 시집보냈다.

한편, 계모 배씨는 애초에 먼저 잘될 생각으로 잃어버린 신이 자기 것이라고 관차를 속였다. 그렇게 콩쥐의 복을 빼앗으려 하다가 무안을 당한 뒤로는 콩쥐를 미워하는 마음이 더욱 심해졌다. 심술 사나운 팥쥐 또한 콩쥐가 잘되는 것을 보고 샘이 복받쳐 어디 두고 보자고 별렀다.

"콩쥐 저년이 지금은 저렇게 고운 의복에 단장을 하고서 감사의 부인이 되어 떵떵거리고 시집가지만, 내가 부릴 계책 앞에서는 엉덩이를 벌리고 앉아서 평안하게 호강하지 못하리라."

• **재취(再娶)** 두 번째 장가가서 맞이한 아내.

연못에서 살해당한 콩쥐

석류꽃이 한철 지나고 쓰르라미가 목청 좋게 우는 소리가 나는 때였다. 하루는 팥쥐가 문득 세월의 빠름을 깨닫고 일찍이 조치해 보리라 하는 생각이 퍼뜩 나서 감영의 내아로 콩쥐를 찾아 들어갔다. 그때 마침 사또는 관청에 나가고 다만 콩쥐가 연두저고리에 다홍치마를 곱게 차려입고 하얀 벽, 비단 창으로 아담하게 꾸며 놓은 후원 연못가 연당에서 난간을 의지해 맑고 깨끗하게 솟아나온 연꽃을 구경하고 있었다. 팥쥐는 거짓으로 반색하며 달려들어 아양을 떨었다.

"에구머니, 형님! 그동안 혼자만 평안히 지내셨소? 보기 싫은 이 팥쥐는 형님 출가하신 후에 시시때때로 형님 생각이 간절했소. 어찌 지내시는지 궁금하기 측량할 수 없어서 체면 불구하고 형님을 보러 왔소. 형님은 어떻게 생각할지 모르지만, 내가 전에 철모르고 형님에게 응석처럼 한 노릇이 지금은 가끔가끔 잘못이었다는 생각이 들어 뼈에 사무칩니다. 세월이 흘러 시집을 가면 우리 형제가 떨어질 것이었는데, 어찌해 그때는 그리했던가 하는 후회의 마음이 많이 듭니다. 아무쪼록 형님은 그런 것을 속에다 품어 두지 마시고 다만 우리 형제가 데면데면하게 지내는 일이 없도록 합시다."

팥쥐가 간교를 부려 없는 정이 있는 듯하게 구니 원래 악의 없는 사람은 속기를 잘하는 법이라. 콩쥐는 그 말을 듣고 감동받았다.

"저것이 그전에 그렇게 나를 모해했더라도 모두 철모를 때의 일이다. 지금은 저도 그러한 것을 생각하고 저 모양으로 사과하니 기특하다."
하며 좋은 음식도 대접하고 살아가는 형편도 이야기하며 집 안도 구석구

석 구경시켜 주었다.

　하지만 팥쥐는 겉으로는 그 모양으로 얌전히 따르는 듯하면서 속으로는,

　'어찌해야 콩쥐 저년을 움도 싹도 없어지게 만들까?'

하며 뱃속에서 온갖 간악한 심사와 꾀를 꾸미고 있었다. 팥쥐는 콩쥐를 따라서 온갖 화초와 좋은 경치를 구경하다가 연당 앞에 이르러서는 문득 한 가지 흉계를 생각하고 콩쥐에게 목욕하자고 억지로 청했다. 콩쥐는 부끄럽다고 사양하고, 더위를 먹는다고 사양하고, 영감께서 들어오실 때가 거의 되었다고 사양하고, 연못 속에 구렁이가 있다고도 사양해 보았으나 팥쥐는 막무가내였다. 생각이 있어 만사를 무릅쓰고 같이 목욕하기를 간청한 것이 아닌가. 드디어 콩쥐와 팥쥐가 옷을 벗어서 연못가에 놓고 못에 들어가 목욕을 하게 되었다. 시원한 물놀이를 즐기다가 깊은 곳에 이르러 별안간 팥쥐가 콩쥐를 밀쳐 넣으니, 가련하다! 콩쥐는 뜻밖에 어찌하지 못하고 참혹하게 물속에 빠져 연못 귀신이 되었다.

　간사하고 요사스러운 팥쥐는 콩쥐가 깊은 물속으로 빠져 들어가고 물거품만 두어 번 솟아 나오는 것을 눈으로 보고서야 마음이 흡족했다.

　'이렇게 나의 계교가 마음대로 되는 것을, 괜히 오래도록 근심했네.'

하며 얼굴 가득 웃음을 띠고 급히 못 밖으로 나와서는, 콩쥐의 의복을 자기가 입고 자신의 의복은 숨겨 놓은 뒤 태연하게 콩쥐처럼 연당 난간을 의지해 연꽃을 구경하는 척하며 속으로 못내 기뻐했다.

● **움도 싹도 없어지게** 장래성이라고는 도무지 없음을 이르는 말. 사람이나 물건이 감쪽같이 없어져 그 간 곳을 아주 모르겠다는 뜻의 속담이다.

이때 김 감사가 일을 마치고 내아로 들어왔다. 감사가 계집 하인들에게 마님 계시는 곳을 묻자 하인들이 답했다.

"마님께서는 뒤뜰 연당에서 혼자 연꽃을 구경하고 계십니다."

감사는 서둘러 후원으로 발길을 돌렸다. 감사는 콩쥐를 아내로 맞이한 뒤로는 겨우 몇 시간 공무만 끝나면 같이 있고 싶어서 콩쥐를 찾아와 떨어지지 못하는 터였다. 마침 혼자 연꽃을 구경한다는 말을 듣고 자기도 같이 보며 연꽃을 사랑하는 콩쥐의 속뜻을 들어 보리란 생각으로 급히 연당에 이르렀다.

한편, 콩쥐를 죽이고 난간에 의지해 연꽃을 구경하던 팥쥐는 감사가 왔다는 말에 급히 일어나 천연덕스럽게 기쁜 얼굴로 내려와 맞이했다. 감사 역시 기쁜 낯으로 그 손목을 붙들고 다시 연당으로 올라가서 웃으며 말을 건넸다.

"부인, 오늘 연꽃 구경이 얼마나 즐거우시오?"

하며 홀연 그 얼굴을 보니 이전 모습과 확연히 달랐다. 그전 모습이 변해 푸르고 거무스레하며 마치 얽은 것 같아 깜짝 놀라서는 사유를 자세히 물었다.

"아니, 어쩌다 부인의 얼굴이 이 모양이 됐소?"

"첩이 하루 종일 이곳에서 영감을 기다리다가 햇빛을 너무 쏘여서 이 모양으로 검어진 것입니다. 게다가 영감이 들어오시는 줄 알고 뛰어나가다가 콩멍석에 넘어져서 이 모양으로 얽은 것이랍니다."

팥쥐는 조금도 주저하지 않고 능청스럽게 대답했다. 감사는 그 말을 듣고 자기를 향한 사모의 마음이 그렇게 깊다고 기특히 여겨 오히려 다정스런 말로 달랬다. 다만 얼굴이 그렇게 흉하게 변한 것만을 애석히 여길 뿐 콩쥐가 아닐 것이란 사실은 조금도 깨닫지 못했다.

짝 바뀐 것을 어찌 그리 모르시오

이러구러 몇 날을 지낸 후 하루는 감사가 몸이 불편해 일찍 공사를 마치고 집에 들어와 연못 앞을 배회하는데 못가에 전에 없던 연꽃 한 줄기가 특별히 높게 솟아 그 아름다움이 비길 데 없었다. 자연히 사랑하는 마음이 생겨 그 꽃을 꺾어다가 연당 방문 위에 꽂아 놓고 무한히 사랑해 마지 않았다.

한편, 팥쥐는 깨달은 바가 있어 그 꽃이 별안간 그렇게 아름답게 우뚝 솟은 일이 심히 괴상하다고 여겼다. 더욱 기이한 것은 영감이 그 방을 떠나면, 팥쥐가 들어오고 나갈 적마다 꽃 속에서 손 같은 것이 나와 팥쥐의 머리를 박박 쥐어뜯는 것이었다. 한두 번 그러는 것이 아니라 번번이 뜯기를 그치지 않았다. 팥쥐는 크게 놀라고 몸서리쳐졌다.

"요것이 필경 콩쥐 년의 귀신이 붙은 것이다."

그러고는 그 꽃을 꺾어 불 아궁이에 처넣었다. 그런 후에는 과연 머리를 뜯는 것이 없어져서 팥쥐의 마음은 무한히 상쾌했다.

"콩쥐 년이 제아무리 죽은 귀신으로 모질고 독하더라도 내가 알콩달콩 깨가 쏟아지도록 재미있게 살면 배만 아플 뿐이지 다시는 별수 없으리라."

그런 뒤 팥쥐가 콩쥐의 세간 살림을 뒤져서 자기 마음대로 쓰려고 하는데, 다시 이상한 일이 생겼다.

이웃집에 사는 노파 한 명이 불씨를 얻으려고 감사 댁 내아에 들어왔다. 그 노파는 감사 부인인 콩쥐와 친하게 지내던 사이여서 바로 연당 아궁이에 이르러 불씨를 붙여 가려고 했다. 아궁이 속을 들여다보니 불은 씨도 없이 꺼졌는데 난데없는 오색 구슬이 한 아궁이 가득 대굴대굴 굴러다니는 것이 아닌가. 노파는 탐이 나서 허겁지겁 그 구슬을 치마 앞에 쓸어 담아 급히 집으로 돌아와서는 행여 남이 볼세라 쉬쉬하며 반닫이 속에 깊이 감추어 두었다. 그런데 천만뜻밖에 반닫이 속에서 사람 소리가 들리는 것이었다.

"할멈! 할멈!"

하고 부르는 소리가 흡사 감사 부인의 목소리와 같은지라, 노파가 놀라서 반닫이 문을 열어 보니 어찌 된 까닭인지 콩쥐가 그 속에 뚜렷이 앉아 노파에게 반색을 하며 말했다.

"내가 김 감사와 혼인한 콩쥐인 것은 이 고을 사람이면 모르는 이가 없지요. 그런데 계모가 데리고 들어온 딸 팥쥐라는 계집아이가 있어 항상 나를 모해코자 하다가 이번에 무슨 흉계를 부렸는지 나를 찾아오더니 여차여차해 집 안의 연못에 나를 빠트려 죽였습니다."

　그러곤 다시 노파의 귀에 입을 대고 자신을 위해서 일을 꾸며 달라고 묘계를 가르쳐 주고 뒷일을 부탁했다. 노파는 이상도 하고 무서운 생각도 들어 머리를 조아리고는 그 묘계를 수행하겠노라고 응했다.

　노파는 묘계를 행하기 위해 남에게 빚도 얻고 얼마간의 볏섬도 찧어 팔아서 돈을 장만해 진수성찬을 준비하고는 거짓으로 자신의 생일이라며 잔치를 열었다. 그리고 친히 감사를 찾아가 초대의 뜻을 공손히 전했다.

　"오늘은 노인의 생일이온데 변변치 못하오나 음식을 조금 준비했기에 감히 사또의 행차를 청하오니 누추한 천민의 집일지라도 백성의 솟는 정을 생각하시어 잠시 행차하옵시면 변변찮은 한잔 술이라도 사또와 함께 즐기어 볼까 하옵니다."

하며 두세 번 청하거늘 감사도 그 뜻을 가상히 여겨 노파의 집에 행차했다. 노파는 본래 아전의 계집으로 처음으로 사또가 행차하는 영광을 얻었다.

　"노파네 집에 감사가 행차하신다."

　동리 사람들도 크게 좋아하며 감사의 행차를 구경하러 와서, 모인 사람이 그 집을 꽉 메우고도 남았다. 감사가 노파의 집에 이르러 잔칫상을 받으니 온갖 음식이 눈을 황홀하게 할 정도로 없는 것이 없었다. 감사가 크게 칭찬하고 술을 두어 잔 마신 후 이것저것 맛볼 생각으로 젓가락을

● **반닫이** 앞면 위쪽 절반이 문짝이어서 아래로 젖혀 여닫는 궤 모양의 가구.

들어 한번 상에 굴리니 한 짝은 길고 한 짝은 짧은 것이 손에 잡히질 않았다. 마음속으로 노파의 소홀함을 괘씸히 생각해 좋지 않은 기색으로 있다가 참다못해 화가 나서 말을 ㅐ뱉었다.

"젓가락이 이게 뭐요?"

그러자 노파가 미처 대답하기도 전에 홀연 병풍 뒤에서 사람의 음성이 들려오는 것이 아닌가.

"젓가락 짝 틀린 것은 저렇게 똑똑하게 아시는 양반이 사람 짝 바뀐 것은 어찌 그리 모르시오!"

감사는 크게 놀라 정신이 어리둥절했다. 잠깐 말을 멈추고 가만히 앉아 생각했지만 사태를 제대로 깨닫지 못했다.

'내외의 짝이 틀리다니 이 어찌 된 말인가? 이런 말을 하는 것이 사람인가 귀신인가?'

감사는 가만히 생각하다가 그 사이 자기 아내의 행동이 괴상했음을 갑자기 깨닫고 필연 콩쥐에게 무슨 일이 있는 것이라 여겼다. 얼른 집에 돌아가 알아보리란 마음에 진수성찬도 입에 들어가지 않고 바늘방석에 앉은 것 같았다. 오로지 집에 돌아갈 마음뿐이었다.

억지로 노파에게 고맙다고 치사하며 상을 물리고 일어나려고 할 적에 병풍 뒤에서 어떤 미인이 연두저고리에 다홍치마를 곱게 차려입고 천연스럽게 걸어 나와 감사에게 예를 올리며 말을 하는 것이었다.

"첩을 몰라보시나이까?"

콩쥐를 만난 감사는 더욱 놀라서 어찌할 줄 몰랐다.

"부인, 어찌 이같이 심하게 사람을 속일 수 있소. 내가 영특하지 못하든지 그대의 조롱이 심하든지 간에 이때까지 하는 일과 하는 말은 전혀 깨달을 수 없소. 그럴 것 없이 빨리 사정을 이야기해 답답한 가슴을 풀어 주기 바라오."

감사가 간청하니, 콩쥐가 그 자리에 엎드려 목이 메어 하소연을 하는 것이었다.

"첩이 일찍이 팔자가 기구하다가 영감의 두터우신 은혜로 좋은 지위에 이르렀습니다. 배우지 못한 이 몸으로도 정성껏 받들어 모시리라 생각했더니 뜻밖에 의붓동생 팥쥐라 하는 계집아이에게 죽임을 당해 몸은 벌써 연못 귀신이 되었사옵니다. 본래 첩은 성질이 악하지 못하므로 옥황상제께서 특별히 세상에 환생케 해 주셨습니다. 이에 미진한 인연을 말씀드릴까 해 주인 노파에게 신세를 졌습니다. 하지만 영감께서는 팥쥐와 이렇게 맺어진 이상 다른 생각을 두지 마시고 팥쥐와 더불어 내내 안녕하시기를 바라나이다."

하고는 흐느껴 울기를 마지않았다. 감사는 모두 듣고는 자기의 불찰이

부끄럽고 팥쥐의 행동이 몹시 가증스럽고 원통해, 서둘러 관아로 돌아와 선화당에 나간 뒤 팥쥐를 잡아 문초했다. 한편으로는 연못을 치우게 하니, 과연 콩쥐의 시체가 웃는 낯으로 누워 있었다. 급히 건져 내어 염습하려 할 즈음에 죽었던 콩쥐가 다시 숨을 쉬며 소생하는 것이 아닌가. 바로 그때에 노파의 집에서 울고 있던 콩쥐는 온데간데없이 사라졌다.

이것을 본 모든 관속과 읍내 백성들이 그 신기한 일에 놀랐으며 모두 한목소리로 팥쥐 년을 천만번 죽여야 한다고 했다. 드디어 감사도 그것을 알고 문초를 더욱 엄중하게 하니 팥쥐도 할 수 없이 견디지 못하고 자백했다. 감사는 크게 호통치며 즉시 팥쥐에게 칼을 씌워 하옥시키고 사실을 상세하게 조정에 보고하니 조정에서도 죽이라는 명이 내려왔다. 감사는 명을 받아 팥쥐를 수레에 매달아 찢어 죽이고 그 송장을 젓갈로 담아 항아리 속에 봉해서 팥쥐의 어미에게 전했다.

팥쥐의 어미는 처음에 팥쥐가 흉계를 꾸미고 콩쥐를 해하러 들어갈 때 심히 기뻐하며,

"천만번 조심해 아무쪼록 성사되게 해라."

하고 부탁해 보낸 후에 최만춘을 고추박이처럼 차 버리고 다른 서방 놈을 얻어 혹시라도 무슨 일이 생길 것에 대비했다. 그러고는 밤낮으로 팥쥐 덕을 보려고 기다리던 중에 관가로부터 봉물이 왔다는 소리에 좋아라 하고 내달으며 한편으로는 서방된 자를 안으로 청했다.

"이것 보시오. 내 딸의 효도를 보시오. 사위도 잘 골라서 시집보냈더니 시집간 지 얼마 안 되어서 어미에게 봉물을 보내는구려. 영감도 내 덕이 아니면 관가에서 나오는 봉물을 구경이나 하겠소?"

하며 동여맨 노끈을 풀고 봉한 종이를 헤쳐 보니 큰 백항아리에 가득 든 것이 모두 젓갈이었다. 같이 부친 종잇조각에 무엇이라고 기록한 것이 있었다.

흉한 꾀로 사람을 죽이는 자는 누구든지 이렇게 젓갈로 담그고, 그렇게 딸을 가르쳐 일을 행하게 하는 자에게는 그 고기를 씹어 보게 하노라.

팥쥐의 어미는 그 글을 보고 팥쥐의 계략이 드러나서 필경 죽음을 면치 못한 줄 알고 항아리의 끈을 풀던 채로 엎어져서 영영 깨어나지 못하고 죽었다. 죽어서도 모녀가 손을 잡고 간 곳은 풍도지옥이었다.

한편, 김 감사는 콩쥐에게 자신의 불찰을 사과하고 이웃 노파에게 후한 상을 준 뒤 콩쥐와 미진한 인연을 다시 이어서 아들과 딸을 많이 낳아 화평하고 즐거운 세월을 보냈다. 콩쥐의 아버지 최만춘도 다시 찾아서 덕이 있는 여자를 취해 아들딸 낳게 하고 살림을 이루어 주었다. 콩쥐는 세상 사람에게 어진 마음을 베풀어, 어려운 사람 구하기를 자기 일처럼 생각해 돈과 곡식은 물론이고 정성으로 힘써 구제하니 김 감사 내외의 어진 덕을 모든 백성이 칭송하고, 그 은덕은 멀리 후세까지 전했다.

● **선화당**(宣化堂) 각 도의 관찰사가 공무를 보던 관청.
● **염습**(殮襲) 죽은 사람의 몸을 씻긴 뒤에 옷을 입히고 염포(홑이불)로 싸는 일.
● **고추박이** 신분이 낮고 천한 여자의 남편을 낮잡아 이르던 말.
● **봉물**(封物) 높은 벼슬아치에게 봉해 보내는 선물.
● **풍도지옥**(風途地獄) 살을 에는 듯한 바람이 부는 지옥으로, 주로 성범죄를 저지른 중생들이 간다.

누가 우리의 원한을 풀어 줄까?

● 대표적인 한국형 원귀, 장화 홍련

모두가 다 잠든 깊은 밤, 찬바람이 일어나 촛불이 꺼지며 철산 부산 앞에 푸른 저고리에 붉은 치마를 차려입은 처녀 귀신이 나타납니다. 자신의 원한을 풀어 달라는 이 귀신은 바로 억울하게 죽은 장화 홍련의 원귀(寃鬼)였지요. 하지만 원귀와 마주친 사또들은 줄줄이 죽어 나갑니다.

귀신에 관한 이야기는 어느 나라에나 있지만 우리나라 귀신은 주로 이승에서의 원한을 해결하고자 등장합니다. 우리에게 익숙한 귀신은 '억울하게 죽은 자들의 혼'인 것입니다. 그래서 한국판 공포 영화는 괴물이나 초자연적 재앙이 아닌 원귀들에 의해 주도됩니다. 그 맨 앞자리를 차지한 것이 바로 《장화홍련전》인 셈입니다. 《장화홍련전》은 한국 영화가 시작된 1924년 즈음 영화화된 이래 지금까지 무려 일곱 차례나 영화로 만들어졌습니다. 우리 고전 소설 중에 《춘향전》 다음으로 인기 있는 영화의 소재였지요.

왜 이렇게 《장화홍련전》이 대중적 소재로 인기가 있었을까요? 한국적 원귀의 표상으로서 손색이 없는 작품이었기 때문입니다. 못된 계모의 박해와 음모에 따른 언니의 죽음, 이를 알아차린 동생의 자살, 그리고 원귀가 되어 원한을 갚으려는 시도, 담대하고 명석한 관리와의 만남, 사건의 해결과 계모의 처형, 인간 세상으로의 환생 등 박해와 한풀이의 전 과정이 두루 잘 나타나 있습니다. 그렇다면 《장화홍련전》은 언제 어떻게 만들어진 이야기일까요?

● 철산 사건과 《장화홍련전》

고전 소설 대부분이 설화를 바탕으로 한 허구인 데 비해 《장화홍련전》은 실재 사건과 허구가 결합한 이른바 팩션입니다. 실재 사건은 이렇습니다.

효종 때 평안도 철산현은 매년 가뭄이 들고 부임하는 수령들이 줄줄이 죽어 나가며 백성들이 떠나 폐읍이 되다시피 했습니다. 이 모두가 억울하게 죽은 장화 홍련의 원귀 때문이라는 소문이 자자했습니다. 조정에서는 이 일을 해결할 만한 사람으로 담대한 호남 출신의 무장 전동흘을 천거해 철산 부사로 파견했습니다. 과연 전동흘은 내려오자마자 장화 홍련이 당한 의문의 죽음을 해결해 그 억울한 원한을 풀어 주었지요. 이 때문에 전동흘은 백성들로부터 '신명철인(神明鐵人)'이라 불리고 공덕비까지 세워졌다 합니다. 이 '철산 사건'이 해결된 시기가 1656년이며 소설에서 정동호로 나온 인물의 모델이 바로 실존 인물 전동흘입니다.

박인수라는 사람은 전동흘의 문집인 《가재공실록(嘉齋公實錄)》에 이 이야기를 한문 소설로 자세히 기록했습니다. 박인수는 "공의 6대손 되는 만택이 국문본을 한문으로 번역해 달라고 해서 굳이 사양했으나 제대로 되지 못해 간략하게 그 대강의 내용을 기록한다." 했습니다. 이를 보면 적어도 박인수가 작성한 한문본 이전에 이미 국문본이 있었음을 알 수 있습니다. 국문 소설 《장화홍련전》은 철산 사건을 해결한 전동흘의 사후(1705)와 한문본이 이루어진 1818년 사이에 형성됐을 가능성이 높습니다.

따라서 국문본 《장화홍련전》은 전동흘이 철산 사건을 해결한 이야기가 떠돌면서 여러 화소(話素)가 보태져 생겼다고 보입니다. 이를테면 장화를 산속 못에 빠져 죽인 장쇠에게 갑자기 호랑이가 나타나 두 귀와 한쪽 팔다리를 베어 먹는 일이나 파랑새가 홍련을 언니가 죽은 못으로 인도하는 이야기는 박인수의 한문본에는 등장하지 않습니다. 흥미를 주기 위한 화소이지요.

하지만 《장화홍련전》의 전체적인 줄거리는 박인수가 기록한 《가재공실록》의 기록과 크게 다르지 않습니다. 물론 전동흘에게 장화와 홍련의 원귀가 나타나 원한을 풀어 달라고 하고 낙태한 증거물의 배를 갈라 보라고 조언한 것은 사실로 보기 어렵습니다. 현실적으로 볼 때 원귀가 나타나 억울함을 하소연했다고 믿기는 어렵기 때문입니다. 장화 홍련의 죽음에 관련한 '철산 사건'을 잘 해결했기 때문에 이야기가 그렇게 발전한 것입니다.

이 책에 실린 이야기는 경성서적조합에서 발행한 활자본 국문 소설 《장화홍련전》을 저본으로 하고 있습니다. 계모에게 박해를 당해 결국 죽음에까지 이르는 전반부와 원귀가 나타나 원한을 푸는 후반부로 크게 나누어져 있지요. 전반부는 《콩쥐팥쥐전》과 같은 '계모형 가정 소설'의 형태이며, 후반부는 관가에서 사건을 해결하는 '공안 소설' 또는 '송사 소설'의 면모를 갖추고 있습니다. 전동흘의 '철산 사건'에서 비롯됐기 때문에 작품의 무게 중심은 뒤쪽에 있지요.

● 계모는 왜 악녀일까

《장화홍련전》 내용에서 두드러진 것은 악독한 계모의 모습과 배 좌수에게 부여된 면죄부입니다. 우선 계모의 생김새를 봅시다.

> 얼굴은 한 자가 넘고, 두 눈은 퉁방울 같고, 코는 질병 같고, 입은 메기 같고, 머리털은 돼지 털 같고, 키는 장승처럼 크고, 목소리는 이리와 승냥이 소리 같았다. 허리는 두어 아름이나 되고 곰배팔이에, 수종다리에, 쌍언청이를 다 갖추고 주둥이가 길어 칼로 썰어 놓으면 열 사발이나 될 지경이었다. 얼굴은 쇠로 얽어 만든 멍석 같으니 차마 쳐다보기 어려울 정도로 생김새가 흉측했는데, 마음 씀씀이는 더욱 망측했다. 이웃 험담하기, 집안사람들 이간질하기, 불붙는 데 키질하기같이 남이 못할 짓만 찾아다니며 하니 잠시라도 집안에 두기 어려울 지경이었다.

이게 어디 사람인가 싶을 정도로 망측한 괴물의 형상입니다. 왜 이렇게 계모는 모두 못생기고 마음씨도 고약할까요? 같은 유형의 작품인 《콩쥐팥쥐전》의 계모 역시 악독하기 짝이 없습니다. 아들을 낳아 후사를 잇기 위해서라고 하지만 어찌해서 이런 여자와 재혼을 하게 됐을까 의문이 들 정도입니다. 계모 허씨의 형상은 분명 과장되거나 어떤 의도를 지니고 있다는 의혹을 떨칠 수 없습니다. 계모 허씨의 외모는 분명 배 좌수, 장화, 홍련으로 이루어진 정상적인 가정의 침입자임을 보여 주는 증거입니다. 허씨를 이야기의 희생물로 삼고자 하는 어떤 이데올로기가 깔려 있는 것이기도 합니다.

〈에일리언〉 같은 외계 괴물의 침입을 다룬 영화나 좀비 영화를 보면 모두 그 형상이 괴이합니다. 이들은 처음에는 인간을 위협하고 공포로 몰아넣지만 결국에는 인간에 의해 제거될 운명입니다. 그리고 괴물들의 형상 속에는 당시의 정치적 불안 혹은 공포가 들어 있습니다. 동서 냉전 시대에 이런 공포 영화가 많이 등장한 건 결코 우연이 아니지요.

《장화홍련전》도 마찬가지입니다. 흉악한 계모 허씨가 들어와 집안을 죽음의 수렁으로 몰고 가지만 결국에는 자신과 그 자식마저 처참한 죽음을 맞이합니다. 계모 허씨는 죄상이 밝혀지자 평안 감사의 명에 의해 능지처참되고 이를 경계로 삼기 위해 시체는 주변 고을을 떠돕니다. 완벽하게 희생물로서의 역할을 다한 셈입니다. 과연 무엇을 지키기 위해 흉측한 계모, 희생물이 필요했을까요?

우리는 우선 배 좌수가 아들을 얻어 후사를 잇기 위해 죽은 전처의 유언도 저버리고 재취을 얻었다는 사실에 주목해야 합니다. 딸이 아닌 아들이 필요했기에 재혼을 한 것이지요. 계모 허씨가 "잇따라 아들 삼 형제를 낳자 배 좌수는 백 가지 흉을 모른 체하고 내버려 두었"을 정도였습니다. 그리고 나서 집안의 모든 것을 물려주면 문제가 없었을 것입니다.

그런데 배 좌수의 재산이 전처의 것이어서, 장화가 시집가면 이 재산을 나누게 될까 봐 계모가 흉계를 꾸민 것입니다. 이는 철산 부사 앞에 나타나서 자신들의 억울함을 하소연하는 원귀의 주장과도 일치합니다.

하지만 계모의 시기로 스무 살이 되도록 혼인을 하지 못했습니다. 이는 다름이 아니라 소녀의 어미가 재산을 많이 가져와 논밭이 천여 석, 돈이 수만 금,

노비가 수십 명이 되었는데, 소녀 자매가 출가하면 그 재물을 많이 가져갈까 봐 그리했던 것입니다. 계모는 소녀 자매를 시기하는 마음을 품어 죽여 없애고 자기 자식들이 그 재산을 모두 차지하게 하려고 밤낮으로 저희를 없앨 계책을 생각했습니다.

즉 계모 허씨는 자기 자식들에게 재산이 돌아오지 않을까 봐 전처 자식들을 죽이려고 한 것입니다. 재산 상속과 분배 때문에 장화를 제거하기에 이르지요. 《콩쥐팥쥐전》에서는 콩쥐가 전라 감사의 재취로 들어가 재산을 나눌 일이 없어졌기에 악녀의 역할을 계모가 아니라 오히려 팥쥐가 맡습니다. 팥쥐는 질투의 화신으로 콩쥐를 살해하게 됩니다.

그런데 문제는 장화를 죽이는 상황에서 보이는 배 좌수의 어정쩡한 태도입니다. 비록 딸이 낙태를 해 양반 가문의 명예를 땅에 떨어뜨렸다고 하더라도 과연 죽이기까지 해야 했을까요? 친자식을 죽이는 데 별 고민도 없이 후처의 계교를 그대로 따를 수 있는 아비가 과연 어디에 있을까요? 여기에는 분명 무언가 의도가 있을 것입니다. 즉 후사를 잇는 아들자식에 대한 배려와 집안의 명예를 더럽힌 것에 대한 처벌이 깔려 있는 것이지요. 이 장면을 보면 사실 배 좌수는 장화의 죽음을 묵인한 것이 아니라 적극적으로 주도했다고 봐야 합니다. 아들 장쇠를 시켜 장화를 살해하도록 지시했으니 지금의 형법으로는 '살인 교사죄'에 해당하는 것이지요.

하지만 배 좌수는 멀쩡하게 무죄 방면됩니다. 가장 심한 경우가 한문본에 보이는 것처럼 귀양을 가는 것이지요. 이 경우에도 원귀가 된 딸들은 "아버지의 형배는 도리어 절통하다." 할 정도입니다. 능지처참 당해 그 시체가 각 고을로 보내진 계모 허씨에 비하면 배 좌수에 대한 처분은 하늘과 땅 차이입니다. 어떻게 이런 차이가 존재할 수 있을까요? 거기에는 '가부장권의 수호'라는 절대적인 도그마(dogma)가 들어 있기 때문입니다.

● 가부장권 수호를 위한 악녀 만들기

애초에 전처의 유언에도 불구하고 후처를 들인 것은 순전히 아들을 낳아 후사를 잇기 위함이었습니다. 남성에서 남성으로 이어지는 조선 시대의 '가부장권'이야말로 신성불가침의 그 무엇이었습니다. '남성 지배'를 공고히 하고자 한 것이지요. 그런데 큰딸이 낙태를 하는 중대한 사건이 발생했습니다. 좌수는 시골 고을의 양반들이 모여 수령을 보좌하던 '유향소'라는 기관의 우두머리입니다. 지역에서 제법 힘깨나 쓰는 집안인 셈입니다. 그 집에서 낙태 사건이 일어났으니 보통 수치스러운 일이 아니었습니다. '가문의 수치'를 면하기 위해 모종의 조치가 필요했지요. 더욱이 후사를 잇는 아들 삼형제도 이런 수치스러운 일 때문에 장가도 못 가고 벼슬을 못할 것이기 때문에 이 일을 제대로 처리하는 것이 절실했습니다.

이 때문에 결국 장화를 제거하기에 이르지만 제 손으로 친딸에게 죽음을 강제할수는 없는 일이고 보니, 약간의 주저함을 보입니다. 이 틈새를 계모 허씨가 파고들어 닦달합니다. 그래서 실상 살해의 명령을 내린 사람은 아버지이지만 장화를 죽인 죄에서는 면죄부를 받는 것입니다.

심지어는 못에 빠져 죽으라는 장쇠의 말에 "결코 내 목숨을 보전하려는 것이 아니다. 죄가 없다고 변명해 봐야 계모의 시기가 있을 것이고, 살고자 해도 아버지의 명을 거역하는 것이니 내가 어떻게 하겠느냐?"라고 장화가 하소연할 정도로 아버지의 명령은 절대적이었습니다. 그런데 나중에 원귀가 되어 철산 부사 앞에 나타난 장화는 자신을 죽게 명령한 아비에 대해 오히려 무죄와 용서를 구합니다.

> 그러나 진상이 밝혀지면 소녀는 억울한 누명을 벗을 수 있지만, 소녀의 아비는 연루된 바가 있어 죄를 면하기 어려우니 살려 주시기를 간절히 바라나이다. 소녀의 아비는 인자하고 순해서 악한 마음이 조금도 없는데, 간악한 계모의 꼬임에 빠져 이 지경에 이르렀사오니 특별히 죄를 용서해 주시옵소서.

이 말도 안 되는 상황이 어떻게 가능할까요? 여기에는 가부장권은 온전히 보존돼

야 한다는 절대적인 과제가 놓여 있습니다. 후처를 들여 두 딸들이 모질게 박해를 받는 것도 후사를 잇기 위해선 어쩔 수 없는 일이었으며, 낙태라는 가문의 수치를 만회하기 위해서도 딸의 희생이 필요했던 것입니다. 정확하게는 자살을 가장한 살인인 것이지요. 집안의 명예와 가부장권의 수호를 위해 장화는 희생물이 된 셈입니다. 장화가 죽으면서 오직 누명을 벗기만을 간절히 원했던 것도 이 때문입니다.

그런데 장화가 죽도록 명령을 내린 아비는 어찌 되었을까요? 집안을 더럽혔다면 가문의 명예를 위해 자결을 명할 수 있는 것은 당연하다고 합니다. 하지만 그런 상황을 만든 것은 계모의 흉계이기 때문에 모든 죄는 계모가 뒤집어썼습니다. 가부장권 수호를 위해 '악녀 만들기'를 한 셈입니다. 계모 허씨의 형상이 흉측하고 심사가 못된 것은 바로 이런 악녀가 필요해서였지요.

착한 두 딸을 죽게 만든 엄청난 사건의 희생양이 필요했고 흉측한 계모에게 그 일을 떠넘깁니다. 그러면서 배 좌수를 중심으로 한 가부장권은 온전히 지켜질 수 있었습니다. 오히려 더 확고해진 셈이지요.

배 좌수가 세 번째 부인인 윤씨를 얻었는데 그 몸을 통해 장화 홍련이 다시 태어나서 부귀영화를 누리는 것은 이런 가부장권 수호의 대가인 셈입니다.

함께 읽기

장화와 홍련을 만난다면?

● 대표적인 서양 동화 《신데렐라》를 비롯해 우리의 《콩쥐팥쥐전》과 《장화홍련전》에 이르기까지 동서양의 수많은 이야기와 소설 속에서 '계모'는 악녀로 그려집니다. 계모는 어머니 없이 남겨진 아이들의 양육을 맡아 주는 사람이며 친자식 이상으로 전처의 자식을 사랑해 주기도 합니다. 그런데 이야기와 소설 속에서는 왜 못된 악녀로만 그려질까요? 그 이유를 생각해 봅시다.

● 우리 이야기와 소설, 영화 속에 등장하는 '귀신'의 종류를 나누어 보고 왜 등장하는지 그 이유를 따져 봅시다. 모둠별로 관심 있는 이야기나 소설 혹은 영화를 선택해 귀신의 유형, 출현 이유, 행적 등을 조사해 다른 모둠과 어떤 공통점과 차이점이 있는지 발표해 봅시다.

● 《장화홍련전》은 실재 사건을 소재로 한 이야기입니다. 그러기에 여기에는 사실과 허구가 뒤섞여 있지요. 어떤 것이 실재 사건이고 어떤 것이 허구인지 나누어 볼까요? 그리고 허구적인 사건들이 작품 속에서 어떤 역할을 하는지 그 의미를 생각해 봅시다.

● 계모 허씨는 장화와 홍련을 왜 죽이려고까지 했나요? 그 이유를 작품 속에서 찾아봅시다.

● 처녀인 장화가 낙태를 한 것이 죽음으로까지 몰고 갈 정도로 그렇게 큰 죄인가요? 당시 사회의 여건 속에서 생각해 봅시다. 더불어 요즘의 '미혼모' 문제도 같이 생각해 봅시다.

● 《장화홍련전》은 《춘향전》 다음으로 많이 영화화되었습니다. 무려 일곱 편이 만들어졌지요. 왜 그렇게 영화로 많이 만들어졌는지를 따져 보고 그 영화 중 한 편을 선택해 감상한 다음, 소설과 어떻게 다른지 이야기해 봅시다.

● 《장화홍련전》과 《콩쥐팥쥐전》을 비교해 보고 인물, 사건의 진행, 악인들에게 내리는 처벌, 원혼들이 환생하는 모습 등이 어떻게 같고 다른지 이야기해 봅시다.

참고 문헌

권순긍, 《고전, 그 새로운 이야기》, 숨비소리, 2007.

김재용, 《계모형 고소설의 시학》, 집문당, 1996.

이정원, 《전을 범하다》, 웅진지식하우스, 2010.

여성한국사회연구회, 《한국가족론》, 까치글방, 1990.

정하영 외, 《삶과 죽음》, 보고사, 2010.

최재천 외, 《살인의 진화심리학—조선 후기의 가족 살해와 배우자 살해》, 서울대학교출판부, 2003.

피에르 부르디외, 김용숙 옮김, 《남성 지배》, 동문선, 2003.

한국여성연구소 여성사연구실, 《우리 여성의 역사》, 청년사, 1999.

국어시간에 고전읽기 14

장화홍련전, 억울하게 죽어 꽃으로 피어나니

1판 1쇄 발행일 2012년 11월 19일
1판 5쇄 발행일 2024년 5월 13일

기획 전국국어교사모임
지은이 권순긍
그린이 조정림

발행인 김학원
발행처 (주)휴머니스트출판그룹
출판등록 제313-2007-000007호(2007년 1월 5일)
주소 (03991) 서울시 마포구 동교로23길 76(연남동)
전화 02-335-4422 **팩스** 02-334-3427
저자·독자 서비스 humanist@humanistbooks.com
홈페이지 www.humanistbooks.com
유튜브 youtube.com/user/humanistma **포스트** post.naver.com/hmcv
페이스북 facebook.com/hmcv2001 **인스타그램** @humanist_insta

편집책임 문성환 **편집** 윤무재 **디자인** 김태형 유주현 AGI SOCIETY
스캔·출력 이희수 com. **용지** 화인페이퍼 **인쇄** 청아디앤피 **제본** 민성사

ⓒ 권순긍·조정림, 2012

ISBN 978-89-5862-530-8 44810